KB184051

_____ 존재님께

박 병용존재가 올립니다.

사람은 본래 완전한 존재

사람은 본래
완전한 존재

초판 1쇄 인쇄일 2024년 12월 5일
초판 1쇄 발행일 2024년 12월 15일

지은이 박병용
펴낸이 양옥매
디자인 손지성
교 정 조준경
마케팅 송용호

펴낸곳 도서출판 책과나무
출판등록 제2012-000376
주소 서울특별시 마포구 방울내로 79 이노빌딩 302호
대표전화 02.372.1537 **팩스** 02.372.1538
이메일 booknamu2007@naver.com
홈페이지 www.booknamu.com
ISBN 979-11-6752-550-5 (03190)

사람은 본래 완전한 존재

박병용 지음

책과나무

왜 사람을 본래 완전한 존재라 말하고 있나?

—

"나는 누구인가?"

삶에서 인간 모두의 가장 큰 화두가 바로 이것입니다. 여기에 대한 답부터 풀고 본서를 시작해 보도록 하겠습니다.

"나는 누구입니까?"

이 화두에 답은 인간으로서는 결코 절대로 풀 수가 없습니다. 왜냐하면 질문 속에 이미 한계를 가진 답이 다 나와 버렸기 때문입니다.

'나'를 완전하게 다 놓고 질문을 한번 해 보세요.

"누구입니까?"

답해 보십시오. 박 아무개, 누구 아빠·엄마, 별명, 닉

네임도 상관없습니다.

중요한 것은 명칭이 아니라, 본래의 '나'는 무한 가능성의 존재로서 누구라 무어라 딱 정할 수가 없는, 정해서는 안 되는, 유한할 수가 없는, 무한 그 자체입니다.

"누구입니까?"

하늘, 땅, 마음, 우주, 공, 신 등등 무어라 해도 다 맞습니다. '나'라는 한계를 지을 수 없는 '무한' 바로 이것입니다. "나는 누구입니까?"는 이미 유한하므로 '나'밖에 안 됩니다.

본서의 핵심이 바로 유한한 '나'를 완전하게 다 놓고,

나 없는 무아(無我)의 삶을 살자는 것입니다.

무아의 삶이 곧 신의 삶입니다.

인간의 삶에는 정해진 정답이 없습니다.

그런데 인간은 삶의 정답을 찾으려고 무던히도 애를 많이 씁니다.

그 대표적인 것이 바로 종교를 믿고 깨달으려 하고 있는데, 종교를 믿고 깨닫는다고 삶을 오래토록 잘 살 수 있을까요?

아닙니다.

오래토록 잘 살고 못 살고는 그런 것과는 전혀 상관이 없습니다. 만일 상관이 있다면 누구든 다 그렇게 살아야겠지요.

인간의 삶이 왜 어렵고 힘든 줄 아십니까?

각 개개인의 끝없는 집착 때문입니다.

인간 삶에서 공급은 정해져있는데 각 개개인의 가지려는 수요는 무한하여 거기서 오는 마음의 '착'이 인간 삶의 모든 문제를 일으키고 있습니다.

이 사실만은 그 누구든 인정하셔야만 합니다.

삶은 여러분 각 개개인의 선택일 뿐이고, 종교나 깨달음역시도 마찬가지입니다.

어떤 삶을 살든, 무슨 종교를 믿든 안 믿든, 깨닫든 못 깨닫든, 분명하게 정해짐이나 옳고 그름은 없습니다.

필자가 본서를 통해서 말씀드리는 것은?

그런 외적인 부분이 아닌,

내적인 부분인 스스로의 마음가짐으로서 자기 자신을 나약하고 부족한 중생이니 신의 피조물로만 여기고 삶을 살아가지 말라는 것입니다.

이 책의 제목이 『사람은 본래 완전한 존재』라 하니까 마치 종교와 관련된 책으로 오인할 수도 있는데, 본서는 사람본연의 삶을 되찾자는 의도로 쓰여진 책입니다.

단지 삶 자체가 인간 개체인 '나'와 '종교적인 관념'에 너무 치우쳐 있음으로 인해 어렵고 힘든 삶을 살아가고 있음을 밝혀 드리다 보니 본의 아니게 종교적 용어와 신, 법에 관한 내용들을 많이 인용하게 되었습니다.

이 점 깊이 양지하시고 본서를 대해 주셨으면 합니다.

다시 본론으로 와서

'신'과 '인간'의 차이가 무엇인 줄 아십니까? **'나'라고 하는 '아'를 가지고 있나, 없나의 차이뿐입니다.**

'신'은 '나'라고 하는 '아'를 전혀 가지고 있지 않습니다.

그러나 인간은 '나'라고 하는 '아'밖에 없습니다.

내가 있고 없고의 차이!

본서의 중요 핵심 요지는?

사람들 각 개개인의 이념과 사상이 아니라, 무엇을 믿든 무슨 공부를 하든 자신 삶의 행이 "어떤 삶을 살아가고 있냐?"에 중점을 두고 있습니다.

『사람은 본래 완전한 존재』이 제호 속에는 본인 스스로가 '신' 그 자체임을 인정·수용하는 그 이면에 완전한 존재인 '신'의 삶을 살라는 핵심 부분이 내재해 있습니다. 굳이 본인 스스로가 '신'임을 인정하지 않고, 외부의 신을 믿는다 해도 나 없음의 신의 삶을 살아가고만 있다면 그 이상 최상의 삶이 없다는 뜻입니다. 필자는 바로 이것을 참으로 권하고 있습니다.

그렇다면 **필자는 왜 사람을 본래 완전한 존재라고 말하고 있나?**

지구상에 생명체를 가진 모든 것들과, 사람의 차이가 무엇이라 보십니까?

사람은 고차원적이고 뛰어난 【사고(思考)】를 가지고 있다는 것입니다. 그래서 만물의 영장이라고도 불리기도 하지요. 이 능력은 삶에서 배우고 익혀서 생긴 것이 아니라, 본래부터 가지고 태어난 오로지 순수한 사람만이 낼 수 있는 능력입니다.

이것을 다른 말로 풀이해 보면 【대자유하며 무한가능성 그 자체】를 의미하는 것입니다.

또한 사람은 【상대성 모두를 다 겸비】하고 있습니다.

이 말은 상대성 두 가지를 다 낼 수도, 될 수도 있다는 것으로서 가히 '신'의 능력이라 해도 어디 하나 손색이 없는 대단한 능력입니다.

이런 능력들을 가지고 있기 때문에 믿음·깨달음과는 전혀 상관없이도, 사람 누구나가 주어진 자신의 삶에 충실하고, 맡은 분야에 최선을 다하며, 인류 발전에 크게 기여하는, 지금의 최첨단 과학 의술 및 항공우주산업 등을 창조하고 발전시키는 일을 순수 행하고 있질 않습니까?

이 능력이 보통 능력입니까? 이것이 완전함이 아니고 무엇이란 말입니까? 이 완전함은 믿고 깨닫는다 해서 나오는 것이 결코 아닙니다. 본래부터 가지고 있는 완전함의 한 부분입니다.

그런데 사람들은 본인 스스로가 이런 능력의 소유자임을

전혀 모르고, 어디에 무엇에 영향을 받았는지, 어느 때부터인가 오직 믿고 깨달아야 함만을 주창하고 거기에 빠진 삶을 살아가고 있습니다.

인간의 삶이 왜 그렇게 힘들고 어려우며, 본인 마음먹는 대로 되지 않는 그 연유가 어디에 있다고 보십니까?

바로 인간의 삶을 살아가고 있기 때문입니다. 여기서 인간의 삶이란, 내가 삶의 주체로서 모든 것을 좌지우지하는 삶으로, 내가 사는 삶입니다.

사람이 이 삶에 왜 왔을까요?

사람 스스로가 완전한 '신' 그 자체이기에 '신'의 삶을 살려고 온 것인데, 자기만의 한계와 분별심을 가지면서 '나'라고 하는 인간 개체에 딱 묶이는 인간의 삶을 살아가는 데서 모든 문제가 발생됩니다. 그러니 그 삶이 어렵고 힘들며 마음먹는 대로 이루어지지 않을 수밖에요.

그럼 신의 삶이 무엇일까요?

간단하게 '나' 없는 삶입니다. 종교에서 말하는 무아(無我)의 삶입니다.

위에서 말씀드린 "나는 누구인가?" 외에도, 삶의 온갖 의문·의심이 단 하나라도 제대로 풀린 게 없습니다. 왜 풀리지 않는 줄 아세요? 이번에는 이렇게도 답을 드립니다.

마치 물속에서 물을 찾는 격과 같이, 내가 본래 완전한 그 자체인데 "나는 누구인가?"등등 온갖 의문·의심의 그 답이 나올 수가 있겠습니까?

'나'에게서 완전하게 벗어나지 않는 한 결코 절대로 답이 나올 수 없습니다. 이 사실을 확실하게 알려 드리려『사람은 본래 완전한 존재』, 부제로『삶에서 뭘 배워 갑니까?』라는 타이틀로 본서를 집필하게 된 것입니다.

'나'를 완전하게 다 놓는 삶만을 살면 그게 바로 신의 삶입니다.

'나'와 내 생각에서 벗어나 지금 여기 이 순간 찰나 현재만을 자각하는 삶만 살면 됩니다. 그 이외에는 정말 아무것도 할 게 없습니다.

'나' 없는, 현재 있는 그대로의 삶이 곧 신의 삶이 돼 버립니다. 얼마나 쉽습니까?

그런데 사람들은 이 사실을 전혀 인정·수용 믿으려 하지 않고 자기만의 틀, 고정관념으로 삶을 살아가고 있는데 거기에서 완전하게 벗어나야 합니다.

모든 진실은 사람들이 살아가고 있는 이 삶에 있는 그대로 다 내포해 있는 것이지, 어디 별도로 별개로 생각 수련·수행 속에 있는 것이 결코 아닙니다.

사람들 삶에서의 필연인 '생로병사'에서도, 생명체를 가진 모든 것들은 변화의 과정, 즉 재행무상을 다 겪는 것으로, 태어나면 반드시 늙고 병들고 죽어야 한다는 삶의 한 법칙일 뿐인데, 이것을 가지고 완전함을 저울질하고 있습니다.

특히 병에 있어서 선천적이든 후천적이든 그건 어디까지나 「생로병사」의 병에 속할 뿐이지 완전함과는 전혀 상관이 없음에도, 사람들은 그렇게 보질 않습니다. 완전함은커녕 "제 몸 하나도 제대로 간수하지 못하는 그것이 어떻게 완전함이냐?"라며 그냥 무시해 버리고 부족한 사람으로 여깁니다. 과연 그럴까요?

삶에서 가장 민감한 종교 역시 마찬가지입니다. 지구상의 종교는 '사람'을 정점으로 크게 외적인 종교와 내적인 종교 두 가지로 나눕니다.

외적인 종교는 자신의 외부에 상징성인 '신'을 정해 놓고 그분만을 믿고 의지하는 믿음을 근본 바탕으로 행위하는 종교이고, 내적인 종교는 스스로의 어떤 행위나 명상·선정·수련·수행 등등을 통해 자신의 내면에서 '신'을 찾아내는 깨달음의 종교입니다.

　　언뜻 보면 전혀 달라 보여 일반인들 사이에서는 서로 대립의 대상이 되기도 합니다만, 필자는 결코 그렇게 보지 않습니다. 외적인 종교와 내적인 종교의 공통점이 무엇입니까? '신'입니다. 단지 '신'이 어디에 계시느냐에 따라서 외적 혹은 내적 종교로 분리될 뿐입니다.

　　외적 종교를 한번 봅시다. 하나님은 '신'의 상징성으로 신 그 자체를 의미합니다. 예수님께서는 자신의 십자가를 손수 지시고 죽음까지도 불사하는 믿음으로써 절대자 하나님인 신이 계심을 만방에 '고'하셨습니다.

　　그것이 결국 십자가의 죽음까지 이르게 된 것이지요.

　　죽음까지도 불사하는 믿음! 그 믿음이 곧 신인 하나님과 일치를 이루는 것 아니겠습니까? 일치를 이룬다는 것이 무엇을 뜻하는 것입니까? 신인 하나님과 하나 그 자체가 된다는 뜻입니다. 결국 신인 하나님과 예수님은 같다는 의미로서 신 그 자체이십니다.

　**내적 종교인 스스로 깨달아 내가 '신' 그 자체임을 아는
것이나, 외적 종교인 믿음의 확신으로 예수님이 곧 '신'
그 자체임을 아는 것이나, 무엇이 다릅니까?**

　예수님은 인간인 사람입니다. 부처님 역시도 인간인 사
람입니다. 두 분 다 처음엔 사람인 인간 '나'로 왔다가, 내
적 종교에서는 스스로 깨닫고, 외적 종교에서는 죽음까지
도 불사하는 믿음의 확신을 갖고서 '신' 그 자체가 된 것입
니다. 그렇게 본다면 깨달음이나 믿음의 확신이나 다를 게
하나도 없습니다.

　단지 방법의 차이일 뿐입니다.

　수련·수행·선정·반야 등 힘들고 어려운 과정을 거쳐
야 하는 깨달음에 비해 믿음의 확신은 겉으론 아주 쉬울
것 같지만, 자신의 목숨을 바칠 그 정도의 마음의 믿음, 즉
'확신'이 있어야 '신' 그 자체가 되는 것입니다.

　그런데 그렇게들 믿고 있나요? 자신이 믿고 있는 종교의
정통성만을 주장하고, 겉으로만 내보이는 외면적인 그런
믿음을 믿고 있는 것은 아닌가요? 깨달음이 이런 것이다,

저런 것이다 에만 열변을 토할 것이 아니라, 정말로 스스로 깨달아 '신' 그 자체가 되어 '신'의 삶을 살고 계신가요?

그것은 오직 본인 스스로만이 알 수 있는 진실입니다.

'신'이 안 되면 인간의 삶만 끝없이 살 수밖에 없습니다. 이것이 필자가 말하는 종교의 진실입니다. **결국 외적 종교나 내적 종교는 완전하게 같은 하나의 종교입니다.** 그런데 사람들은 상대성에 의해 외적 · 내적 종교를 나누고 있다 이 말입니다.

최첨단 시대에 살면서도 '나'를 가진 마음은 항상 옛 그대로이니 모든 것에 전혀 변함이 없습니다.

삶이 가면 갈수록 지능화되어 가면서 최첨단 과학의 발전 그리고 금전 만능주의가 팽배해지면서 '나'라고 하는, 이 틀 고정관념에서 벗어나지 않으면, 앞으로의 삶은 더욱더 어렵고 힘들어지게 될 것입니다.

'나'의 본질은 '신'이다

—

사람들이 삶에서 가장 중요시 여기는 진리에 대해서 한
번 말해 봅시다.

여기 세 분의 성자가 있습니다. 한 분은 그리스도교의
성자이고, 또 한 분은 불교의 성자이며, 다른 한 분은 이슬
람교의 성자입니다. 비록 성자라는 칭호는 그분들이 믿고
있는 교구에서 내리신 것이지만, 독자님들은 어떤 교의 성
자님을 진리로 보고 계십니까?

아주 난감한 질문을 드린 것 같은데, 대다수의 사람들은
자신이 믿는 교와 그 교의 성자를 진리라 말합니다. 위 세
종교를 벗어난 제4의 교를 믿고 있으면 그 종교가 그 사람에
게 있어선 진리가 될 것이고, 아무것도 믿지 않는 사람에게
있어선 진리가 없다고, 혹은 모른다고 말씀하실 것입니다.

그렇다면 과연 진리가 무엇일까요? 필자는 진리를【**사람**

그 자체]로 봅니다. 바로 위에서 말씀드린 세 성자분과, 제4의 교를 믿는 분 그리고 마지막으로 아무것도 믿지 않는, 이 다섯 분 모두가 다 진리입니다.

그런데 사람들은 사람 스스로를 진리로 보는 게 아니라 교, 즉 법을 진리로 보고 있습니다. 위에서 말씀드린 그리스도교, 불교, 이슬람교, 그리고 제4의 교를 또한 그 교들이 주장하는 법을 진리로 보고 있다는 것, 참으로 안타까운 일이지요.

그러면서 사람들은 이 삶에서 진리를 찾고 붙잡으려 무진 애를 쓰고 있습니다. 종교를 믿고, 귀의하고, 도방을 찾고, 온갖 수련·수행을 열심히 합니다. 그리고 한곳에 꽂히게 되면 자신이 믿는 그것만이 진리라고 주장하면서 사람을 모으고 자신의 믿음을 홍보하느라 매우 바쁩니다. 지금 현 우리들의 삶이 그렇지 않습니까?

진리란?
곧 여러분 각자 스스로가 바로 진리입니다.

이 말은 이 삶에서 진리를 찾고 붙잡으려 하지 말고, 그 짓거리를 하는 여러분 스스로가 진리 그 자체이니까 그냥 진리의 삶만을 열심히 잘 살기만 하면 된다는 뜻입니다. 그것이 바로 〈사람은 본래 완전한 존재〉입니다.

　사실 여러분들이 지금까지 알고 있는 종교의 수많은 법, 진리의 말씀들, 이 속에 진리가 있는 줄 알고 그런 교와 법을 꽉 붙잡고 있는 **그 마음의 문제가 매우 크다고** 필자는 보는 것이지요.

　심지어는 자신 스스로가 진리 그 자체임을 전혀 모른 채 외부에서 진리를 찾고 있다는 것, 진실로 한번 깊이 있게 들여다볼 필요가 있다고 필자는 보고 있습니다. 그렇다면 이 문제가 어디서 파생되었다고 보십니까?

　깨달음!

　많은 사람들이 생각하는 '깨달음'에 대한 깊은 의미가 무엇이라 보십니까? 즉, 무엇을 깨닫는가를 단적으로 묻는 것입니다.

　순수한 필자의 개인적인 결론으로는 간단히 【내 본래가 무엇인가?】를 깨닫는 것, 아는 것 아닙니까?

　내 본래가 무엇일까요? 여기에 대한 정답을 묻는 것은

아닙니다. 무엇이라 표현한다 해도 그 답은 결국 **완전한 것**이 아닐까요?

불완전한 것이 내 본래라고는 그 누구든 인정하지 않을 것입니다. 여기서 필자가 말씀드리고 싶은 것은 어느 답을 말했든 그 답이 중요한 게 아니라, 그 답 속에 내포하고 있는 본질이 참으로 중요하다는 것입니다.

그 본질이 결국 【신】 아닙니까?
내 본래의 본질이 '신'입니다.
여기서 가장 중요한 핵심은
내 본래가 신임을 아는 게 아니라,
신 그 자체가 되는 것입니다.

내가 신임을 아는 것은 아무런 소용이 없습니다. 되는 것이 참으로 중요합니다. 이것이 안 되었기 때문에 위와 같은 일들이 벌어지지 않았나 보는 것입니다.

필자는 이것을 진정한 깨달음의 완성으로 보고 있습니다. 이 부분을 너무나도 쉽고 당연한 것으로 여기지만, 진실로 '신' 그 자체가 된 사람은 이 삶에서 정말로 찾기 힘듭니다. 왜일까요?

지금까지의 자기 인생을 오로지 '나'로만 살아왔기 때문입니다. 나 박 아무개로 살았는데 깨달았다고 나 박 아무개에서 벗어납니까? 깨달았어도 나 박 아무개이고, 못 깨달았어도 나 박 아무개입니다. 비록 내면적인 성품이라든지 의식의 수준은 '신'으로서 상당함을 스스로는 느낄지 모르겠지만, 나 박 아무개에서는 결코 벗어나지 못합니다.

나름 깨달았다고 하시는 분들, 자신의 거짓 없는 마음의 거울로 〈내가 정말로 신 그 자체가 되었나?〉 하는 사실을 냉정하게 비춰 보십시오.

자신 스스로가 아무리 깨달았다 외쳐도, '신' 그 자체가 되었는지, 못 되었는지는 오직 본인 스스로만이 알 수 있는 진실입니다. 정말로 '신' 그 자체가 된 자는 '신'의 행이 저절로 나옵니다.

신의 행이란, 고타마 싯다르타 부처님께서 초전법륜에 가장 크게 강조하셨던 '무아'입니다. 진정한 '무아'가 되셨습니까?

내가 있어 깨달음이 생겨났습니다.

내가 없으면 깨달음이 생겨나지 않았습니다.

무아!

흔히들 '나'라고 하는 '아'의 사라짐 없어짐으로만 알고들 있는데, 솔직히 그 '나'는 어떤 수련·수행을 한다 해도, 또한 육바라밀 팔정도의 행을 이 삶에서 쉼 없이 꾸준히 하고 있다 해도 결코 절대로 당신 스스로에게서 사라지거나 없어지지 않습니다.

선정의 상태에서 나 없음을 의식하는 것은 선정의 상태에서뿐입니다. 선정의 상태에서 나와 버리면 다시 박 아무개인 나로 돌아옵니다. 그런 행위를 하는 자가 바로 '나'입니다.

'신'과 '나'는 하나의 몸·마음에서는 절대로 공존할 수가 없습니다. 이 말의 본뜻은 '나'로도 있다가 '신'으로도 있다가 할 수가 없다는 뜻입니다. 즉 '무아'가 안 되면 '신'이 될 수 없다는 것입니다. 본인 스스로가 '신'으로 있고 싶어도 되지 않으면 안 됩니다.

인간인 내가 완전하게 사라지고 본래인 '신'으로 거듭나는 것, 그렇기 때문에 깨달아 '신' 그 자체가 된다는 것이 정말 어렵습니다.

　지금까지 사람들은 깨달음을 '무아'의 상태가 된 것으로만 알고 있고, 그렇게들 생각하고 있었습니다만, 실제로 진정한 '무아'는 내가 신 그 자체가 되지 않고선 결코 절대로 될 수 없습니다.

　나는 신이 되었다고 하는 것도 내가 하는 것이고, 나는 신의 행을 열심히 하고 있다 하는 것도, 내가 그렇게 말하고 내가 행위하는 것이지 신이 하는 것은 아닙니다. '신'이 그렇게 쉽고 간단하게 되는 것이 정말로 아닙니다.

필자는 사람은 본래 완전하다 말씀드립니다.

그래서 진리라 하고 있습니다.

　이 사실을 본인 스스로 깨닫고 보면 다 아는데, 그 완전함을 '내'가 전혀 인정하지 않으려 하고, 자신을 중생이니 신의피조물로서 깨달아야 할 대상으로만 여긴 채 그동안 이 삶에서 오로지 깨닫기 위해서만 모든 심혈을 다 기울이고 있었습니다.

　스스로 깨달아 내가 '신'임을 아는 것이나, 부처님 제자들과 같이 글이 없던 시절 부처님의 깨달음에 대한 말씀만을 듣고 그 자리에서 곧바로 깨우쳐 아라한과에 드는 그런 깨달음이나, 무엇이 다를 게 있다고 보십니까?

내가 있고서는 '무아'가 절대로 될 수 없다는 것과, 사람은 본래부터 완전하다는 것을 본인 스스로가 확신해야만 합니다. 결국 내가 '신' 그 자체가 되지 않고선 결코 깨달았다 할 수 없습니다.

사실 '신'으로 거듭나야 신의 삶을 살아갈 수 있지 않겠습니까? 사람들이 이 삶에 모습을 드러내고 살아가는 가장 큰 이유라 봅니다. 깨닫기 위해서 이 삶을 살아가는 게 절대로 아닙니다. 본래의 '신'이 되어서, 신의 삶을 살아가기 위함입니다.

그런 삶을 알려 주는데도 왜 전혀 믿지 않고 오로지 스스로 깨닫고 믿는 것만이 최우선이라고 말하는 걸까요? 그렇다고 깨달음이 아무나 이루고 될 수 있는 대중적인 것도 아닌데 말입니다. 필자는 여러분들을 감히 결코 절대로 가르치려고 이런 글을 쓰는 것이 아닙니다. 단지 이런 쉬운 길이 있음을 알려 드릴 뿐입니다. 그런데 믿지를 않습니다.

그동안의 깨달음!

이것을 이루려고 얼마만큼의 시간 낭비, 금전 낭비들을 해 왔습니까? 결국 그렇게 해서 깨닫고 보니까, 내가 곧 신 그 자체임을 아는 것인데, 왜 그리 멀리 돌아서 오십니까?

어떻게 알았든 아는 것만으로는 아무런 소용이 없습니다. 되어야 합니다. '신' 그 자체가 되는 것, 이것이 진정으로 깨닫는 것, 아니 깨어나는 것입니다.

왜 사람들은 아주 쉬운 길을 알려 줘도 그 길만은 안 가는지 정말 이해가 안 됩니다. 자존심 때문일까요? 아니면 필자의 말을 믿지 못해서일까요? 그렇다고 그 무엇을 믿고 의지하라는 것도 아닌데, 속내를 다 보여 줄 수도 없고, 참 답답할 뿐입니다.

'신'이 누구입니까?

목전의 허공성에 어떤 신비로움 그 무엇이 결코 아닙니다.

사람 인간의 의식이 전환된 그 자체가 바로 '신'입니다.

결국 사람이고 인간인데, 그 의식 수준이

'신'의 의식으로 전환된 그 상태를 '신'이라 합니다.

지식 수준이 아주 낮았던 예전엔, 잘 몰라 신비로운 허공성의 그 무엇이라 표현했지만, 지금은 실제로 실존하고 현존하며 자존하는 그것이 '신'입니다.

언제까지 종교의 신비성과, 깨달음이라는 그 용어의 특이성 속에만 멈춰 있으려 하십니까? 있는 그대로의 보고 느끼는 그 상태에서 진실을 논할 때가 되지 않았나 싶습니다.

앞에서도 잠깐 말씀드렸지만 깨달음에 정해진 길은 분명히 없어, 어느 길을 택하고, 그 무엇을 믿든 안 믿든 그런 것과는 전혀 상관이 없습니다. 돼야 한다는 것에 그 의미를 두어야 합니다.

왜 사람들이 깨닫기가 힘든 줄 아십니까? 본인 스스로를 너무나도 모르기 때문입니다. 나는 본래부터 완전한 신임을 깨닫고 보니까 다 알았듯이, 당신은 본래부터 완전한 '신'입니다.

이 사실을 확실하게 믿는다면, 지금부터는 '신' 그 자체가 되어야겠지요?

이 책의 특징은 【의식전환】에 중점을 두었다는 것입니다.

그냥 편안하게 읽어 보시고,

내 본래가 무엇임을 알았으니 의식전환과 함께

그 자체로서의 삶을 살아가기만 하면 됩니다.

그러다 보면 자신의 삶에서

자연스럽게 '신'으로 깨어나는 것이지요.

인위적인 그 무엇을 가한다든지, 뭘 믿고 의지·공부하는 심적인 부담감을 갖는 그런 것이 결코 아닌, 꾸준한 자각과 함께 그냥 주어진 삶을 충실하고 재미있게 자연을 만끽하면서 '신'으로서의 삶을 살면 됩니다.

기존의 깨달음은 앎이었지만, 이제 앎의 깨달음에서 되는 깨어남으로 탈바꿈, 즉 '의식전환' 되어야 합니다.

필자도 그동안에 깨달음과 관련해서는 대단한 관심을 갖고, 한때는 출가의 마음까지도 냈던 사람으로서 죽음의 문턱까지도 몇 번 갔다 왔습니다.

마음도 지치고 몸은 나이가 들면서 온갖 스트레스에 혹사당하면서 혈액암에 걸리고, 끝내는 뇌경색이라는 치명적인 병에 감각마비까지 오기에 이르면서, 이렇게 인생이 끝나는가 보다 하는 생각과 더불어 죽을 때 죽을망정 진리, 특히 **깨달음과 나**에 대한 확고한 개념만은 반드시 짓고 가야겠다는 일념으로 매달린 결과가 바로 이 책입니다.

 이 책에는 인간 삶 속에서 행해지는 모든 것들을 진리·법·깨달음·수련·수행과는 전혀 상관없이 순수한 인간 개체로서 있는 그대로 보고 듣고 느낀 상태로 보탬 없이 표현·적용했음을 분명하게 말씀드리며 넓은 안목으로 받아 주시길 바랍니다.

 본서는 어떤 정해진 수련·수행을 해야 하고, 또한 선정이나 반야 기타 등등의 행위를 요하는 책이 결코 아닙니다. 그동안에 가지고 있던 그런 모든 사고(思考)와 관념을 완전하게 다 내려놓는 바꾸는 의식전환에 중점을 둔 책입니다.

 그냥 읽고 이해하며 **자신이 '신' 그 자체임을 꾸준히 자각하기만 하면 됩니다.** 이후 되는 것은 그냥 자연스럽게 스스로 될 뿐이고, 주어진 삶만을 열심히 잘살면서, 그 이외에는 아무것도 할 게 없습니다. 본래부터 우리는 그런 존재였으니까요.

 이 책은 1부 인간인 나와, 2부 존재로 나뉩니다. 1부는 본래의 나는 삶의 주체임과 동시에 참으로 위대함을 여실히 드러내 놓으면서 필자만의 깨달음에 대한 확실한 정의를 내린 반면에, 2부는 〈'나'라고 하는 '아'〉를 완전하게 다 내려놓는, 어찌 보면 아주 상반되는 글을 펼쳐 보았습니다.

그 이유는 인간의 사고와 관념이 기존의 방식에 너무나도 깊이 뿌리내리고 있고 각자의 삶에서 생긴 고정관념을 완전히 바뀌게 하기 위한 목적 때문입니다.

참고로, 이 책의 모든 내용들은 어디까지나 필자의 사소한 개인적인 사상임을 염두에 두시길 당부드립니다. 모든 종교의 법, 경전, 기존의 깨달은 내용 등과의 상관관계에 의한 옳고 그름, 시시비비와는 전혀 관련이 없음을 분명히 합니다.

【나는 결코 절대로 깨달음의 대상이 아니라는 것】
이 사실만은 필자가 분명하게 주장하고 싶습니다.

차례

(1부)

인간인 나

2부

존재

1부

인간인 나

왜 사람들이 어렵고 힘든 삶을 사는 줄 아십니까?

사람 본연의 삶을 살고 있지 않기 때문입니다.

〈사람은 본래 완전한 존재〉

이 말의 원뜻은 본래면목과도 같이 타고난 순수한 심성을 의미하는 것으로, 본서에서는 순수한 삶의 방향을 중점적으로 다루고 있습니다.

그렇다고 종교를 믿고 수련 · 수행, 명상, 선정 등등의 어떤 행위를 요하여 무엇이 되라 하는 것이 아닙니다.

기존에 '나'에 매여 있던 인간 삶에서 벗어나, 내가 없는 무아(無我)의 삶을 살아 보라는【삶의 이정표를 확실하게 제시해 주는 책】입니다.

그러다 보니 '신'이 등장하고 '신의 삶'이 모체가 되면서, 깨어남을 중점적으로 피력하게 된 것입니다.

인간은 그동안 삶에서 오직 '나'만을 위한 삶을 살았습니다.

'나'밖에 없는, 내가 최우선인, 그러면서도 자신을 중생으로 신의 피조물로만 여기면서 나약하고 부족한 불완전한 삶만을 살아가고 있었습니다.

그러니 그 삶이 마음먹는 대로 되질 않고 힘들고 어려움만 더 겹칠 수밖에요.

왜 그렇게 삽니까? 누가 그렇게 살라 했습니까?

자신이 본래 완전한 존재임을 전혀 모르고, 스스로 믿고 깨달아야 함만을 주장하면서 종교에 빠진 삶을 살아가고 있는데, 결코 절대로 정말로 그렇지 않습니다. 본인 스스로가 자기 자신을 나약하고 부족하고 못난 인간으로 전락시키고 있을 뿐입니다.

우리 속담에 "말이 씨가 된다."는 말이 있습니다. 말이 바로 자신의 속마음을 밖으로 표출시키고 있고, 그 말대로 밖에 삶을 살아가고만 있는 것입니다.

〈사람은 본래 완전한 존재〉 그 자체인데 왜 스스로를 낮추고 삶에 주눅이 들어 어깨를 움츠리고 바짝 긴장해서 상대의 눈치만 보는 삶을 살아가고 있습니까? 무엇을 그렇게 잘못했고 누구에게 그렇게 큰 죄를 짓고 살고 있는지 정말로 알고 싶습니다.

완전한 사람을 이렇게까지 만든 요인이 도대체 무엇입

니까?

정말로 〈사람은 본래 완전한 존재〉입니다.

이 시각 이후부터 이런 마음을 갖고 삶을 살아 보십시오.

분명히 달라집니다.

삶에서 만상만물 모든 것들이 최상으로 대접하고 높이 떠받드는 것이 무엇인 줄 아십니까? 바로 '신'입니다.

그런 '신'이 누구이며 어디에 있는지, 위에서 말한 요인을 본서를 통해서 한번 찾아보세요.

신을 믿고 안 믿고와는 전혀 상관없습니다.

【무아(無我)인 '나' 없음의 삶】 이것만을 최상으로 권합니다.

'신'을 깨워라!

—

첫 단원이 중요해 「'신'을 깨워라!」는 단원으로 시작합
니다.

사람들은 자신의 삶 모든 면에서 긍정적인 마인드를 크
게 주장하면서도 정작 〈사람은 본래 완전한 존재〉라고 하
면, 참으로 잘못된 표현이라 여길 수도 있는데, 본서는
종교와는 무관한 삶과 연관된 '책'임을 분명히 말씀드립
니다.

독자님들 각 개개인의 삶이 언제부터 시작됩니까?

어머니 자궁에서 태어나 '나'라고 하는 '아'의 의식을 가
지고 혹은 매일 꿈도 꾸지 않은 깊은 잠 속에서 깨나면서
삶이 시작됩니다.

즉, 내가 나를 의식할 때부터 내 삶이 시작된다는 말입니다.

내가 태어나기 이전 그리고 잠에서 깨나기 이전에는 나란 없었습니다.

좀 더 깊이 들어가서, '나'뿐만이 아니라 깨달음, 종교, '신' 또한 **내가 나를 의식함과 동시에 삶에서 보고 듣고 느끼는 교육을 통해 알고 세뇌돼서 그런 모든 것들이 다 생겨났다 필자는 봅니다.**

〈사람은 본래 완전한 존재〉라는 사실은 기존의 깨달음, 깨어남과도 전혀 상관없이 본래가 그러합니다.

본래 완전하게 태어났는데, 이 삶에서 스스로를 나약하고 부족한 인간 개체 중생으로 길들여지게 되었습니다.

본서의 「나」 단원에 자세하게 기록되어 있지만 '나'라고 하는 '아' 의식을 가지면서 인간의 모든 삶이 시작됩니다.

그렇다면 인간인 '나'란 본래부터 있는 것일까요, 없는 것일까요? 간단히 나를 의식하면 있는 것이고, 나를 의식하지 않으면 없는 것입니다. 있고 없고도 의식의 상황에서 말하는 것이지, 실제로 본래의 나는 있고 없고를 이미 벗어나 있습니다.

이 말의 의미는 본래의 나는 있다거나 없어지거나 하는 그런 게 아니라는 뜻입니다. 사람은 태곳적부터, 아니 아브라함 이전부터 그냥 의식·무의식의 상태로 영원불멸의 존재일 뿐입니다. 그래서 본래라고 합니다. 본래의 무형인 하나님, 부처님, 신이 사람, 인간, 나로 모습을 드러내는 것이 바로 본래의 유형입니다.

이 책에서 가장 흔하게 많이 나오는 내가 있고 없고도 의식을 기반으로 나누어 설명했지만, 본래에서는 의식·무의식이 하나로서 오직 【있음】으로만 존재할 뿐입니다.

본래! 신! 공! 전체! 마음! 주시자!
있음! 일여! 열반! 해탈! 적멸! 불이!

비록 글자는 다를망정 이 모두는 다 똑같은 뜻을 지닌 단어입니다. 여기에 한계와 분별을 지으면서 나름대로들 해석하고 이해하려 하고들 하는데, 바로 여기에서 각 개개인의 깨달음들이 나오고, 주장들이 나오면서, 온갖 숱한 법들이 다 등장하게 됩니다.

사람들은 말과 언어 속에 모두들 깊이 빠져 있습니다. 그 대표적인 예로, 모든 성인들의 태어남은 사람으로부터 시작되었다는 것이지요. 우리 모두와 똑같이 사람으로 와서 **어떤 무엇**에 영향을 받아서인지는 모르겠지만, 인류 구원의 대성인이 되셨습니다.

어떤 무엇이란 곧 깨어남 · 깨달음을 말하는데, 그중에서도 필자는 '무아'와 '의식전환'을 가장 중요시 여깁니다. 결국 '신'으로 깨어나면서 모든 게 다 가능했다 보는 것이지요.

또 하나의 예를 들어 봅시다. 사람들의 삶이 왜 힘들고 어려운 줄 아십니까? 자기 자신을 불완전하고 부족한 중생이니 신의 피조물로 여기고 삶을 살아가고 있기 때문입니다.

누가 당신을 중생이고 신의 피조물이라 말하고 있습니까? 무엇이 그렇게도 부족하고 불완전하기에 자신을 그렇게만 보고 있을까요?

자기 자신을 〈사람은 본래 완전한 존재〉로 여기고 살아가도 삶에서의 힘들고 어려운 부분들이 많이 닥쳐올 수도 있는데, 아예 처음부터 부족하고 불완전한 중생으로 신의 피조물로 여기고 삶을 살아간다면 그 삶이 얼마나 더 힘들고 어렵겠습니까?

누가? 왜? 무엇 때문에 완전한 사람을 그런 쪽으로 몰고 간 걸까요? 자신을 중생이니 신의 피조물이라 여기고 삶을 살아가고 있다는 것은?

오로지 신에게 자신의 모든 것을 다 바치는 삶, 즉 신의 말만을 믿고, 복종하는, 피조물로서 만의 삶을 산다는 것입니다. 사실 실제로 이런 삶을 살아가고 있는 분들도 지구상에 많이 있습니다. 그분을 위해서라면 자신의 가장 귀중한 목숨까지도 서슴없이 바치는, 그러기 때문에 무엇을 해도 잘 풀리지 않고 말대로 불완전하고 부족한 삶을 살 수밖에요.

정말로 사람은 중생이고 신의 피조물로서

많이 부족하고 불완전하다 보십니까?

아닙니다. 절대로 그렇지 않습니다.

사람은 본래부터 완전한 존재입니다.

사람은 스스로 깨어나 '신'으로서 '신'만을 자각하고, 신의 삶과 신의 완전함을 맘껏 창조하고 누리기 위해서 이 삶에 왔습니다. 그런데 대부분의 사람들은 그렇게 생각하고 있질 않습니다.

깨달음에는 어느 정해짐이 없습니다. 정해짐이 없기 때문에 수많은 종교 종파 단체들이 나름의 역할을 하고 있는 것이 아니겠습니까?

문제는 꼭 그렇게 믿고 깨달아야지만 벗어날 수 있나 하는 것이지요. 믿고 깨닫지 못한다면 자신의 평생을 중생으로, 신의 피조물로 부족하고 불완전하게 삶을 살아가야 합니까?

사람은 절대로 중생이고 신의 피조물이며 부족하고 불완전하지 않습니다. 단지 **생각 속의 삶** 속에서 이루어지는 **나와 너의 관계**에서 발생되는 인간적 · 물질적 · 사상적인 차이에 의해서 나누어지는 서로의 격차로 인한 한계와 분별심에 영향을 받을 뿐입니다.

물질과 지식은 삶을 영위하기 위한 수단과 척도에 지나지 않을 뿐, 그것이 중생이라거나 신의 피조물이라거나 부족하고 불완전한 것과는 전혀 상관이 없습니다.

이 삶을 발전시키고 이끄는 주체가 바로 여러분 스스로
이고 사람입니다. 사람은 본래부터 무엇 하나 부족함이 없
는 완전 그 자체입니다. 지금까지 그렇게 완전하게 자신의
삶을 잘 이끌고 살아왔지 않습니까?

이 시각 이후부터라도 자신의 완전함을
만방에 '고'하면서 사시면 됩니다.
이것이 바로 '신'을 깨우는 일입니다.

삶의 모든 진실은 사람들의 지극히 평범한 삶 속에 있습
니다. 남녀노소 그 누구든 다 볼 수 있고 드러나 있고 느끼
고 생활하는 그 속에 모든 진실의 답이 다 내포해 있음을
진정으로 아십시오.

그런데 사람들은 종교적이고 이상적이며 철학적인 신비
로움 속에서 진실과 깨달음을 찾으려 하고 있으니, 참으로
안타까울 뿐입니다. 그 속에는 여러분들이 알고자 하는 답
이 절대로 없습니다. 삶을 벗어난 진실은 모두가 다 자기
혼자만의 관념에 지나지 않습니다.

사실 사람들의 삶은 단 한 치의 앞을 내다볼 수가 없습

니다. 삶뿐만이 아니라 있는지 없는지도 모르는 사후세계 역시도 마찬가지입니다. 종교를 믿고 깨닫는다고 하여 잘 살고 사후가 보장되는 것은 결코 아닌데, 대부분의 사람들은 그 사실을 완전하게 믿고 삽니다.

아주 쉬운 예로, 자신의 삶 속에서 일어나는 모든 일의 시작 단계에서는 그 일에 대한 결과를 그 누구든 결코 장담할 수 없습니다. 그러기 때문에 그 일에 결과가 성공도 실패도 하는 것 아니겠습니까?

필자가 〈사람은 본래 완전한 존재〉라 말하는 핵심은, 완전한 자기 자신만을 믿고, 나 없는 지금 여기 이 순간 현재만을 충실하게 살아 보라는 깊은 뜻이 있습니다. 그게 '신'의 완전한 삶입니다.

잘살고 못살고도 앞에서 말씀드렸듯이 본인 스스로가 중생이니 신의 피조물이니 부족하니 불완전하다는 생각을 가지고 삶을 살아가고 있기 때문에, 말 그대로 잘살기도 하고 못살기도 하는 것입니다.

완전함이란 잘살고 성공하고 깨닫고 하는 것만을 의미하지 않습니다. 무한가능성을 의미하는 것으로서, **사람이 바**

로 무한가능성의 존재 그 자체입니다.

그러기 때문에 예수님 · 부처님 · 마호메트 같은 대성인이 될 수도 있고, 인간말종 · 악마 · 대살인마 · 히틀러 같은 악인도 될 수 있습니다. 분명한 것은 성인이 됐든 악인이 됐든 처음엔 사람으로 왔다는 것, 이 사실만은 분명하지 않습니까?

결국 깨달음, 깨어남이란 무엇입니까?

내가 '신' 그 자체임을 알고 되는 것 아닙니까?

여기서 깨어나야 합니다.

내가 모든 것의 주체

─

「내가 모든 것의 주체」, 다음 단원인 「내가 있어 있다」는 제목의 의도를 분명히 짚고 넘어가는 게 이해하는 데 도움이 될 것 같아 한 말씀 올립니다.

사람들은 모든 것들을 대함에 있어 나를 정점으로 보는 게 아니라, 삶을 정점으로 삶 속에 나를 끼워 맞춥니다. 그런데 내가 태어나기 이전 삶의 모든 것들은 나와는 전혀 관련이 없고 영향 또한 끼치거나 받지 않았습니다.

일례로, 〈내가 있어 종교가 있다〉와 〈종교가 있어 내가 있다〉 중 어느 표현·말이 맞습니까? 〈내가 있어 종교가 있다〉라는 표현·말이 정확하게 맞습니다. 나를 정점으로 보면 분명하게 맞는 말입니다.

필자가 말씀드리고자 하는 중요 의도는, 바로 나를 정점으로 모든 것들을 보라는 것입니다. 내가 이 삶에 왔기 때문에 그때부터 나와 관련된 모든 것들이 있고 생겨나게 된 것 아니겠습니까? 있고 없고의 말장난을 벗어나 사실 내가 없으면 그 무엇이든 다 없는데, 삶을 정점으로 보면 내가 없어도 그 무엇이든 다 있습니다.

내가 모든 것의 주체이고, 내가 있어 모든 것들이 다 있는 것입니다. 종교의 모든 법 또한 마찬가지입니다. 나를 정점으로 보면 분명히 내가 있어 법이 있는 것이지, 내가 없으면 법은 없습니다. 그런데 사람들은 그렇게 보질 않고 있습니다. 법은 영원히 변하지 않고 있다는 스스로의 관념에 빠져 있는 것으로서, 이것은 법을 정점으로 보고 하는 말입니다.

여기서 종교의 모든 법은 무조건 다 맞다는 '관념'이 나오게 됩니다. 깨어남에 있어 상당히 신중을 기해야 할 부분이라 보는데, 모든 것들은 나를 정점으로 해서 보아야 합니다. 내가 없으면 아무것도 없습니다.

일례로 꿈도 꾸지 않은 깊은 잠 속에 내가 있습니까? 이 내용을 정확하게 이해하지 못하면 있고 없고에 휘말리고,

분별을 일으키게 되며, 분란의 소지가 상당히 크게 작용하게 됩니다.

만일 위의 문장에서 〈종교〉가 아닌 아주 민감한 〈신〉으로 표현해 보면 어떨까요?

〈내가 있어 '신'이 있다〉와 〈'신'이 있어 내가 있다〉라고 말입니다. 아마 사고의 개념이 바뀌어 〈'신'이 있어 내가 있다〉는 말이 맞다고 주장할 수도 있을 것입니다. 이 점을 필자는 말씀드리는 것입니다.

사람들은 말과 글에 너무나도 많이 휘둘리는 삶을 살아가고 있습니다. 또한 대다수 나를 정점으로 보는 게 아니라 삶을 정점으로 보고 있습니다. 대중적인 입장(정점)으로 보기 때문에 진실을 그르치고 있는 것입니다. 참으로 중요한 내용이기에 서두에 말씀드립니다.

〈내가 모든 것의 주체〉 이 단원에서만 보더라도 내가 진리 그 자체임이 삶 속에서 다 드러납니다.

이 삶을 이끌고 나아가는 모든 것의 주체가 누구입니까?

우선 당장 배고프면 밥 먹고, 변 마려우면 화장실에 가서 싸고, 잠이 오면 자고, 몸이 아프면 병원에 가고, 가고 싶으면 가고, 오고 싶으면 오는, 그자가 바로 당신입니다.

삶 모든 것의 주체는 결국 당신이고 '나' 자신 아닙니까? 내가 주체입니다. 내가 있어야 하나님도, 부처님도, 자신이 믿고 있는 신도, 법도, 마음도, 공도, 의식도 있습니다.

그런데 그 반대로 하나님, 부처님, 자신이 믿고 있는 신, 법, 마음, 공, 의식이 있어 내가 있다고 믿고 있는 사람들, 주장하고 있는 사람들이 분명하게 우리 주위에는 있습니다.

아침에 눈을 떠 보십시오. 제일 먼저 의식되는 게 무엇입니까? 바로 '나' 아닙니까? 첫째로 내가 의식되면서 그 이외의 모든 것들이 다 의식됩니다.

"아니야, 나는 하나님이, 부처님이, 내가 믿고 있는 '신'이 제일 먼저 의식되고, 그다음에 '나', 그 이외의 모든 것들이 순차적으로 의식된다."

그렇다면 하나님, 부처님, 내가 믿고 있는 '신'을 제일 먼저 의식하는 그자는 누구입니까? 그자가 바로 당신 스스로이며 나 아닙니까? 삶을 냉정하게 한번 들여다보시길 바랍니다. '나'의 중요성을 확실히 모르기 때문에 종교의 신비성에 휩쓸려 자꾸만 엉뚱한 말들만 하는 것입니다.

첫 단원부터 '나'의 중요성을 말씀드리는 이유가 바로 여기에 있습니다. 사람들은 기존의 종교에 너무 깊숙이 빠져 있습니다. 그렇다고 기존의 종교를 무시해서 드리는 말씀은 결코 아닙니다.

종교를 만든 자! 이 삶을 만든 자! 주체자!
그것은 그 누구도 아닌 '나'이고 여러분 모두입니다.
모든 것에 나를 정점으로 시작하십시오.
내가 주체이고 중심이고 진리 그 자체입니다.

지금 당장 배가 고파 밥을 먹는 자도 '나'이고, 밥상에서 본인이 좋아하는 반찬만 골라 먹는 자도 '나'이며, 자기 맡은 분야를 열심히 일하고 쉬며 하루하루를 보내는 자도 '나'입니다.

어릴 때로 돌아가서 친구를 선택해서 사귀는 자도, 어머니 아버지 말씀을 잘 듣고, 안 듣고 하는 자도, 학교에서 공부를 잘하고, 못하는 자도, 좀 더 성숙해서 이성을 선택하는 것도, 장래를 선택하는 것도, 자신의 취미 특기도, 직업도, 직장도, 배우자도, 비록 주위의 간접적인 영향도 조금은 받겠지만, 대부분 본인 스스로의 선택입니다.

우선 당장 지금 이 책을 읽는 것도 100% 당신의 선택이지 않습니까? 지금 전화벨이 울립니다. 반가운 친구가 만나자고 합니다. 만나러 나갈지 안 나갈지의 선택 역시도 내가 합니다.

이처럼 당신 삶의 대다수는, 당신 스스로의 선택에 의한 삶을 살아가고 있습니다. 비록 그 결과물이 좋지 않을 수도 있지만, 그 역시도 좋든 싫든 당신의 선택이었습니다. 지난 다음 후회해 본들 그 또한 당신의 선택 아닙니까?

필자가 이를 서두에 강조하는 이유는 당신 삶의 주체가, 당신 스스로임을 확실하게 확신시켜 드리기 위함입니다.

극히 일부이긴 하지만, 당신의 목숨을 좌지우지하는 자 역시도 당신 스스로가 아닙니까?

그런데 많은 사람들은 자신이 모든 것의 주체임을 망각하고, 엉뚱함에 주체를 떠넘기면서, 자신은 신의 피조물이 되어 자신의 삶을 구걸하고 애원하며 삶을 살아가고 있습니다. 심지어는 그분을 위해서라면 자신의 가장 귀중한 목숨까지도 서슴없이 바치는 점만큼은 참으로 깊이 생각해 볼 문제입니다.

인간적인 관계에서도, 삶에서 가장 중요한 남편과 처도, 본인 스스로의 선택이었음을 인정하시겠지요? 삶에서의 친구 관계도 대다수 본인 선택입니다. 사업적인 관계에서도 속된 표현으로 잘나가는 것도, 못 나가는 것도, 주식을 선택하는 것도, 파는 것도, 집과 땅을 사고, 파는 것도, 사업을 선택하는 것도, 여기서도 주위 사람의 영향을 받는다 말씀하시는데, 그 받는 것 또한 자신의 선택입니다.

왜? 나는 되는 일이 없어!

스스로 한탄하시겠지만, 그 또한 당신의 선택에서 비롯되지 않았나요? 성공하는 것도, 실패하는 것도, 다 내 선택입니다.

그러다 보니 길흉화복까지 등장합니다. 사주팔자, 관상, 전·현생의 길흉화복…. 물론 여기서 몇몇 가지는 본인의 선택 여부와 관계없이 그냥 주어진 삶이 될 수도 있겠지요. 그걸 운명이라 하던데, 그 점에 대해선 이 책을 다 읽어 보시고, 본인 스스로 이해(理解)의 수준을 넓혀 보시길 당부드립니다.

이 모든 것들을 본인 스스로가 선택해 놓고, 그 선택의 결과가 좋지 않게 나오면 상대에게, 조상에게, 혹은 지난 운명으로, 업으로 돌리면서 원망과 좌절을 합니다. 마치 본인 스스로와는 전혀 상관이 없는 것같이 말이죠.

이제 그만 그 짓을 멈추십시오. 조상도 운명도 업도 다 '나'이고, 내가 저지른 결과입니다. 이유야 어찌 되었든 다 당신의 선택입니다. 결국엔 현 삶에서의 잘살고 못살고도 다 내 선택이었습니다. 위와 같이 자신의 직접적인 일들은 다 자신의 선택입니다.

종교의 선택 또한 당신입니다. 모태종교라고요? 모태종교라는 그 관념이 바로 당신의 선택입니다. 아무리 부모 형제가 강요한다 해도 내가 믿고 싶으면 믿는 것이고, 믿고 싶지 않으면 믿지 않으면 됩니다.

삶의 중요한 대부분 역시도 본인 선택 여하에 달려 있습니다. 오늘 하루 일과를 다시 한 번 되짚어 봅시다. 직장이나 자기 맡은 분야, 상사의 지시 등 특수한 몇몇 가지를 빼놓고는, 대부분이 본인 스스로가 선택하고 결정지어 그대로 행위하지 않았나요?

물론 100% 완전하게 다 그랬다는 것은 아닙니다. 최소한 90% 이상은 본인의 결정 하에서 이루어졌습니다. 혼자만의 삶이 아닌 공동체의 삶에서는 100%란 있을 수 없는 것이지요.

공동체의 삶이기 때문에 본인 스스로가 좋아도 집 식구들, 주위 사람들 등의 영향을 받을 수밖에 없는 게 인간 삶입니다.

그래서 삶의 주체가 바로 당신인 나 자신입니다.

이 삶의 중심에는 항상 당신이 있는 것입니다.

이 삶의 주체는 그 누구도 아닌 바로 '나'입니다.

내가 있어 있다

———

이 단원을 신중하고 깊게 들여다보시면 참으로 내가 진리 그 자체임이 확연하게 드러날 것입니다. 아직까지 나 스스로를 인정 못 하시는 분들이 계시다면 이렇게도 말씀 드려 볼까 합니다. 이건 말씀을 벗어나 우리들 삶의 진실이 그러함을 확실하게 인지하게 될 것이며, 스스로 한번 직접 체험해 보시길 바랍니다.

우리는 하루에 한 번씩 꼭 잠에 듭니다. 잠을 자는 그 이유에 대해선 현재로서는 확실하게 밝혀진 바는 없지만, 여기서는 쉽게 육신의 휴식과 더불어 삶에서 소모된 에너지를 보충받기 위한 수단이라 볼 수도 있습니다.

잠을 자고 나면 피로가 많이 풀리고 에너지가 생기는 것을 스스로 느낄 수 있지요. 사실 단 하룻밤만 잠을 자지 않아도 그 피로감과 에너지에 엄청난 파장을 불러일으키기도 합니다.

【꿈도 꾸지 않는 깊은 잠 속에 '나'라고 하는 '아'가 있습니까?

그냥 쉽게 내가 있습니까?

사랑하는 내 가족이 있습니까? 평상시에 갖고 있던 내 명예와 물질 재산이 그대로 다 있습니까? 내가 알고 있던 모든 분들 중에 단 한 분이라도 계십니까?

내가 믿고 가장 크게 존경하는 하나님, 부처님, 신이 계십니까? 아니면 삼라만상 일체전체 모든 것들이 단 하나라도 있습니까? 진리나 깨달음이 있습니까?

없습니다. 여기서 있고 없고를 벗어나 안 · 이 · 비 · 설 · 신 · 의 6근 6식에도 전혀 작용이 없습니다. 그 이외의 무엇으로든 감을 잡을 수가 없습니다. 한마디로 완전 표현 불가입니다.

사람들이 흔히 말하고, 종교에서 가장 많이 등장하는 '마음'도 없습니다. 모든 근심 걱정, 어제 잠자기 전 그렇게 속이 상했던 일들 또한 없습니다.

　모든 고통(괴로움)도 없습니다. 암과 같이 불치의 몹쓸 병도 없고, 아픔 또한 전혀 느끼지 못합니다.

　잠 속에 아픔을 느낄 때는 깨 있을 때뿐입니다.

　어떤 분은 자신이 믿고 있는 '신'을 직접 보고 대화까지 나누었다고 하는데, 평상시의 신비로움에 젖은 상황에서의 그것 역시 꿈일 뿐입니다.】

　사람의 삶에서 전혀 의도되지 않고, 꾸밈이나 더함, 덜함도 없는 가장 순수한 상태입니다. 이런 상태는 인위적으로 만들래야 만들 수도, 또한 거짓됨이 전혀 없는, 피하려야 피할 수도 없는 진실 그 자체입니다.

　이 사실만은 이 책을 다 읽는 그 순간까지만 이라도 인정해 주시길 진정으로 바랍니다. 많이 인용할 것입니다. 그 상태를 군이 표현한다면 여기서는 '무아', '무상', '무심', '무념'의 상태라 말할 수 있습니다.

　– 무아(無我), 내가 없고

　– 무상(無相), 상이 없고

– 무심(無心), 마음이 없고
– 무념(無念), 생각도 없다.

어떤 분은 그 없음을 아는, 즉 "위와 같은 사실을 알고 있는 자가 있지 않냐?"라며 '잠에서 깨나서 그 깊은 잠에 아무것도 없음을 아는 자'라고 말하는데, 그것은 그 상태의 잠에서 깨났을 때 묻고 답하는 말이고, 그 대답은 한마디로 깨난 현재 자신의 상상, 생각에서 나오는 답변일 뿐입니다.

사실 깨나서 그 없음을 아는 자를 묻는 그것 또한 생각 아닙니까? 그 사실을 묻기 때문에 순간, 내가 없었는가를 생각해 보는 것이지, 깊은 잠 속에서는 일체가 다 딱 끊어 짐입니다.

만일 실제로 그 상태 그대로 깨나지 않고 죽는다면, 그런 문답 혹은 현재 자신의 상상이나 생각이라는 것도 절대로 성립되지 않습니다. 어떤 분은 그 자리가 마음자리라 말하는데, 필자는 그렇게 보질 않습니다.

여기서 무상(無相)에 대해 정확하게 설명하겠습니다.

제행무상(諸行無常)의 무상(無常)과는 분명한 차이가 있습니다. 제행무상의 무상은 항상 함이 없는 변화를 뜻하지만, 여기서의 무상(無相)은 형상에 가까운 표현으로 적멸의 상태를 의미합니다. 6근 6식의 작용이 전혀 없어, 우리가 흔히 말하는 있고 없고의 분별 개념을 지을 수도 없습니다.

필자는 그 상태를 지금 이 자리에서는 감히 '죽음'의 상태라 표현해 봅니다. 죽음의 상태가 바로 그렇지 않을까 하는 것입니다.

거기에 "어떻게? 왜?"라는 질문은 없습니다. 죽음의 상황에 "어떻게? 왜?"라는 의문을 낼 수는 없지요. 아니, 대답이 나올 수도 없습니다. 만일 대답이 나온다면 그건 죽음이 아닙니다.

위에서 잠시 언급해 드린 '무아', '무상', '무심', '무념'의 상태에서는 모든 표현이 불가합니다. 한마디로 적멸의 상태라고도 볼 수 있습니다.

다행히 잠에서 깨나면 깊은 잠 속에 없던 모든 것들이,

잠자기 전 상태 그대로 다 있습니다.

결국 삼라만상 일체전체 모든 것들은

【내가 있어 있는 것】입니다.

여기서 【내가 있어 있다】라는 말의 의미는 무엇일까요?

내가 의식을 하느냐 안 하느냐의 의식의 상태를 말하는 것으로서, 내가 나를 의식함과 동시에 그 나로 인해 삼라만상 일체전체 모든 것들이 모습을 드러낸다는 말입니다.

여기서 또 한 가지 중요한 사실, 위에서 '내가 잠에서 깨남과 동시에 모든 것들이 그대로 다 있다'라는 말은 바꿔 말해, 만일 내가 잠에서 깨나지 못하면, 삼라만상 일체전체 모든 것들도 다 같이 깨나지 않는다는 말입니다. 즉, 내가 사라짐과 동시에 그 모든 것들도 다 같이 사라진다는 것이므로 참으로 중요합니다.

"여보시오! 우리 아버지가 죽었는데, 우리 아버지만 죽었지 주위 모든 것들은 이렇게 멀쩡하게 다 살아 있는데 그게 가당키나 한 이야기요?"

죽은 당사자 입장(정점)에서 보시길 바랍니다. 당신 아버지가 죽었지, 현재 그런 모든 것들을 보고 있는 당신이 죽은 것이 아니질 않습니까?

삶에서 흔히 말하는 종말론은 어떤 계시에 의해 인류가

다 멸망하는 그런 것이 아닌, 즉 내가 죽고 없어지면 삼라만상 일체전체 모든 것들 역시도 다 같이 사라진다는 사실!

결국 종말론이란, '나'를 정점으로 '나'와 모든 것들과의 연관선상에서 내가 죽고 사라진 그 상황을 간접적으로 표현한 것에 불과하다 봅니다.

【내가 있어 있다】이 말을 깊게 새겨 주십시오,

내가 모든 것에 주체라는 것은 모든 것들은 다 내 위주로, 내가 중심이 되어 있다는 뜻입니다.

다시 한 번 깊이 있게 들어 보십시오. 그 깊은 잠에서 깨나지 않고 죽는 사람도 우리 주위에는 많습니다. 그 상태로만 본다면 일체전체 모든 것들은 결국 허상이고 아무것도 아닌 것들이지요?

아주 쉬운 예를 하나 들어 봅시다. 지금 당장 당신의 육근(눈·귀·코·혀·몸·마음)의 문을 다 닫아 보십시오. 닫는 순간 일체전체 모든 것들은 완전하게 다 사라집니다. 다시 문을 열면 그대로 다 드러납니다. 결국 삼라만상 일체전체 모든 것들은 당신 **육근의 의식작용**일 뿐입니다. 그래서 허상이라 하는 것이지요.

육근의 문이 닫힌 상태를 실제 죽은 상황이라 표현하면 죽는 것은 당신입니다. 당신이 죽음과 동시에 당신의 삼라만상 모든 것들 또한 다 사라집니다. 이 점을 정말로 알아야 합니다. 이 점을 모르기 때문에 내가 죽어도 부처는 살아 있다고 영생한다고 합니다.

이것이 바로 인간의 사고 관념입니다.

있는 그대로만 본다면 부처님은 영생하지 않았습니다. 참으로 아이러니하지요? 분명한 것은 개체인 내가 없으면 부처도 없습니다. 이 진실을 정말로 믿으셔야 합니다. 이걸 믿지 않기 때문에 종교와 '신'에 꽉 묶인 삶을 사는 것이고, '신'에 종속되는 것입니다.

'신'이 누구입니까?

여러분 각 개개인 스스로입니다.

예전에 일본 여행을 갔을 때 온천 모처에 절이 있어 가보았는데, 그곳 주지 스님 왈 마음이 청정한 사람에겐 생불을 친견할 수 있다는 말에 너 나 할 것 없이 줄이 길게

드리워져 있었습니다.

친견하고 나오는 사람들의 퉁명스런 말투, "있긴 뭐가 있어? 둥그런 거울 하나밖에…." 이 퉁명스런 말에 그냥 빙그레 웃고만 말았지만, 사실 깨달음이 별것 아닙니다.

신도 내가 깨어 있어야 있는 것이지,

내가 깨어나지 않으면 그 신 역시도 없습니다.

【우리는 하루에 한 번씩 잠에서 반드시 죽음을 체험하고 옵니다.】

그 이유가 무엇 때문일까요? 왜 하루에 한 번씩 반드시 죽음을 체험하는 걸까요? 중요한 것은 인간은 잠을 벗어나서는 결코 절대로 살아갈 수가 없다는 것입니다.

사랑하는 가족들이라도 내가 있어 있는 것입니다. 내가 없으면 없어진 그 즉시 다 없어집니다. 여기서 내가 없고 사라졌다는 것은 내 의식의 상태에서입니다. 내가 있어 저 아름다운 우주도 있는 것입니다.

이렇게 말씀드리니까, 또 있고 없고의 유물론적인 사상을 들먹거리는 사람들이 있는데, 사실 유물론도 엄밀히 내가 하는 것 아닙니까? 내 안에 유물론이 있어, 그런 사상이 있다 없다 하는 것이지요. 유물론이라는 별도의 사상이 별개로 있는 것은 아닙니다. 유물론도, 있다 없다 하는 것도 다 내가 만든 하나의 내 사상에 불과합니다. 다들 언어에 묶인 한 생각들뿐입니다.

꿈도 꾸지 않는 깊은 잠 속의 그 상황을 필자는 우리가 삶에서 흔히 말하는 죽음이라 표현했습니다. 그렇게만 본다면 결국 내 죽음과 동시에 삼라만상 일체전체 모든 것도 다, 내 사라짐과 함께 사라진다는 사실!

이런 사실을 믿는 자가 과연 얼마나 될까요? 깊은 잠에 들었다가 대다수 그 이튿날 다 깨납니다. 그래서 죽음이라 표현해도 별반 큰 반응을 일으키지 않습니다. 〈당신만의 한 생각〉이라고만 생각하고 있기 때문에 일체전체의 사라짐에도 믿지 않고 대수롭지 않게 보고 있습니다. 만일 잠에서 깨나지 않고 그대로 죽는다면, 잠들기가 몹시 힘들겠지요?

【내가 있어 있다】는 말의 원뜻은?
내가 주체로서 나와 모든 것과의 연관성을 말하는 것입

니다.

불교에서 말하는 연기론이 이에 속합니다. 모든 연기론의 주체는 '나'입니다.

결국 내가 있고 없고에

만상만물들 역시도 있기도 하고 없기도 하며,

좀 더 깊이 들어가서는 내가 있어 카르마인 업도 생겨나고,

12연기의 최초원인이라 불리는 무명도 있는 것입니다.

여기서 잠깐, 무명이 있어 내가 생겨났다고들 말하는데 **부처님의 모든 법들은 결국 누가 만들었습니까?** 이 점 또한 정말로 깊이 있게 들여다볼 필요가 있습니다. 잠시 죽음에 대해서도 한 말씀 올리겠습니다.

죽음이 무엇?

—

죽음은 그 누구도 경험이나 체험을 해 볼 수가 없으므로, 이 부분은 어디까지나 필자의 개인적인 의견에 불과함을 미리 말씀드립니다.

우리 현 인간의 삶에서 가장 두려운 것이 '죽음!'

아마 이 화두가 가장 크게 대두되지 않을까 생각합니다.

인간 누구나가 삶에서 가장 두려워하는 것, 죽음이 두려운 그 첫 번째는 바로 죽은 다음을 전혀 모르기 때문입니다. 죽은 다음이 있다는 것은 사후를 의미하는데, 과연 사후가 있는지, 있다면 어떻게 되는지, 또한 어디로 가는지, 이런 것들을 확실하게 모르기 때문에 죽음이 두려운 것 아닙니까?

그렇다면 죽은 이후의 사후가 정말 있을까요? 이것을 정확하게 모르기 때문에 살아 있을 때 종교를 믿는 것이고, 깨달음을 찾는 것 아니겠습니까? 종교를 믿고 깨달으면 사후가 있나 없나를 확실하게 알 수 있나요? 언제부터, 누구에 의해서 깨달음과 사후에 대한 말들이 나왔을까요? 특히 사후는 그 누구든 갔다 올 수가 없는 것인데 말입니다.

필자는 이런 모든 점을 종교적인 관념으로 보고 있습니다. 이런 종교적 사고(思考), 관념들이 평범한 사람들을 힘들고 어렵게 만들고 있다고 필자는 봅니다.

2부에서 말씀드리겠지만, 인간의 종교·언어·문자에 모든 비밀들이 다 숨겨져 있습니다.

이제 그만 종교의 신비성과 진실을
냉철하게 들여다볼 때가 되었다고 필자는 봅니다.

신! 마귀! 선! 악! 사후! 윤회! 영생! 천국! 극락! 지옥!
이런 단어들이 어디서 비롯되었습니까? 솔직히 종교에서 비롯된 것 아닙니까?

사람들에게 "왜 종교를 믿습니까?" 묻는다면 대다수 삶과 직결된 부분으로, 「건강하고 오래 잘 살기 위해서」라고들 답합니다. 종교는 각 개개인의 삶과 풍요라는 기치를 내세우면서 기복신앙으로 인간의 삶에 깊이 뿌리내리고 있습니다.

결국 종교가 죽음을 두려워하게 만든 도화선이라 해도 과언이 아닙니다. 사후에 대해선 정말로 깊이 있게 다루어야 할 부분이라 보고 있습니다.

⟨**인간은 삶에서 너무 많고 깊은 생각들을 하는 게 문제인 것 같습니다.**⟩

물론 거기에는 집착과 욕망, 더 나아가 ⟨'나'라고 하는 '아'⟩를 갖고 있기 때문이겠지만, 죽음은 간단히 '나'라고 하는 이 몸·마음에서 벗어남으로써 '나'라고 하는 '아' 의식의 멈춤이라 필자는 보고 있습니다.

죽음이 두려운 이유!

그 두 번째는, 아마 이 삶과의 헤어짐이 아닐까도 싶습니다.

인간적인 면에서는 부모·자식·부부·형제·친구·이웃 등과의 헤어짐, 물질적인 면에서는 삶에서의 온갖 생존 경쟁과 피나는 노력의 그 대가들을 그대로 다 놓고 혼자만이 떠나야 한다는 점이 참으로 싫은 것일 수도 있겠지요.

분명한 것은 죽음은 결코 두려운 대상이 아니며
오랜 삶의 흔적을 마음에 담고 있음으로 인한
〈마음작용〉일 뿐이라는 점입니다.

죽음의 그 상황은 그 무엇으로든 결코 절대로 표현할 수 없습니다. 죽었다가 살아난 사람들, 저승에 갔다 왔다는 사람들의 이야기를 하고, 요즘 임사체험에 대해서도 많은 관심들을 갖고 있는데, 그런 것들은 정말 죽은 게 아닙니다.

다행히 육신을 불태우지도, 땅속에 묻지도 않았기 때문에 마치 꿈을 꾼 것과 같은 깊은 상황에서 깨난 것과도 같습니다. 만일 육신을 불태웠다면, 땅속에 묻었다면 당연히 돌아올 수가 없지요. 죽음의 상황은 그 무엇으로든 절대로 표현 불가입니다.

그러나 이렇게 유추해 볼 수는 있습니다. 앞장에서 말씀 드렸듯이, 우리가 꿈도 꾸지 않는 깊은 잠을 잘 때의 상황, 필자 개인적으로 말씀드리면 이 상황이 곧 죽음이 아닐까 봅니다.

이렇게 말씀드리면 대다수의 사람들은, 죽음은 분명히 우리들의 삶과 연관된 미지의 상태라고 말합니다. 과연 죽음이 지금 현재의 삶과 연관된 미지의 상태일까요?

은연중 삶에서 사후를 만들고 있습니다.

무아! 무심! 무상! 무념!

이 상태 또한 의식을 가지고도 논합니다.

즉 수련·수행의 과정에서 특히 깊은 선정에 들었을 때, 전체의식이니, 나 없음의 의식이니, 이런 상황을 죽음의 상황과 동질로 인식하고 착각하기 시작합니다.

그건 순수한 **마음작용**입니다. 마음이 작용을 한다는 것은 곧 아직 몸이 살아 있다는 증표이지요. 죽음은 그 마음까지도 멈추는 것이라 필자는 보고 있습니다.

이쯤에서 앞에서 말씀드린, 우리가 꿈도 꾸지 않는 깊은 잠 속에서의 깨남을 한번 정리해 보겠습니다.

　- 몸의 생리작용, 즉 소변이나 대변이 마려울 때
　- 매일매일 그 시간에 깨나는 몸의 습관에 의해서
　- 괘종시계와 같이 몸의 감각과 느낌에 의한 깨남
　- 평상시에도 놀랄 정도의 큰 소리, 굉음
　- 악몽을 꾼다든가 기침 등으로 몸이 몹시 아플 때,
　- 그 이튿날 즐거운 일이 있을 때의 뇌파 작용에 의해서
　- 깊은 잠을 못 이룰 때, 의식이 잠 못 이룰 때
　- 상대가 이 몸을 흔들어 깨울 때
　- 6근 6식에 어떤 충격이 가해졌을 때

이러한 몸의 작용에 의해서만 깨납니다. 중요한 것은 이 육신의 몸이 살아 있어야 깨난다는 것이지요. 이와 같이 죽음은 이 몸과 마음이 사라지고 없어짐으로, 일체가 다 끊어짐으로 인한 **적멸의 상태**, 좀 더 깊이 들어가서는 마음인 의식까지도 멈추는 것을, 필자는 죽음으로 보고 있습니다.

삶의 모든 진실은

우리들의 삶 속에 다 내포되어 있습니다.

이 삶을 벗어나 진실을 찾고 있다는 것은,

한마디로 생각 속 상상 속에서

진실을 찾고 있는 것과도 같습니다.

꿈도 꾸지 않는 깊은 잠!

이 상황을 냉정하게 한번 들여다보길 바랍니다. '무아' 내가 없고, '무심' 마음이 없고, '무상' 일체의 상이 없고, '무념' 일체의 생각이 없는데, 무엇이 작용을 해서 생겨난 단 말입니까?

중요한 것은, 몸이 없으면 마음 또한 없다는 것, 사후는 그 누구든 분명히 갔다 와 볼 수가 없습니다.

인간의 몸은 참으로 대단합니다.

마음! 선정! 반야! 의식! 공! 전체! 불이!

이런 단어, 아니 법의 용어들이 바로 몸과 마음의 생명에 의해서 생겨난다는 것, 이 생명이 없이는 위 가장 중요한 법의 용어들이 결코 절대로 생겨날 수 없습니다.

여러분들이 그동안에 가장 중요시 여겼던 깨달음!

이 깨달음도 살아 있는 몸이 없이는,

정말로 그 무엇이든 결코 깨달을 수가 없습니다.

깨달음은 내 생명 줄이 살아 있을 때만 가능합니다.

신외무물이라 몸의 소중함을 강조한 말로, 자신의 몸이 없이는 사실 법도 없습니다. 살아 있을 때 몸·마음이 별개인 듯 말들 하지만, 사실 몸·마음은 하나입니다. '나'이고 생명입니다. 필자는 이렇게 보고 있습니다. 이 생명이 없어지고 사라지고 끊어짐이 곧 죽음입니다.

마음은 영원히 죽지 않고 영생하며 나를 이끈다고 합니다.

사실이 그럴까요? 마음이 무엇입니까?

여기 장미꽃이 활짝 피어 있습니다. 그 장미꽃의 이름으로부터 아름다움, 향기, 가시 등등이 다 마음입니다.

그런데 어느 날엔가 장미나무가 시들거리더니 그만 죽어 버렸습니다. 죽어 버린 그 장미나무에 아름다움이 어디 있고, 향기가 어디 있습니까? 앙상한 가지의 가시도 흔적도

남기지 않고 다 없어집니다. 이렇게 나무가 사라지고 없어지면서 그 마음까지도 온데간데없는데, 그때부터는 무엇을 가지고 마음이 있다고들 하시겠습니까?

그렇게 생각하시기 때문에 삶과 종교가 참으로 복잡다단하게 얽히고 뒤엉켜 사람들을 많이 혼란케 힘들게 하고 있지 않을까요? 이 또한 필자는 생각으로 보고 있습니다.

꿈도 꾸지 않는 깊은 잠 속!

전혀 꾸밈이 없는 그 잠 속에 마음이 있습니까?

마음을 낼 수 있습니까? 한번 내 보시지요.

우리는 매일 그 잠 속에 빠집니다. 빠지지 않으려 해도, 그 잠 속에서는 방법이 없습니다.

삼라만상 일체전체 모든 것에는 다 마음이 있습니다. 각각 '나'라고 하는 그 성품이 마음이고, 그 마음의 나타남이 곧 '상'이며, 씀씀이가 또한 마음입니다.

이것을 체·상·용으로 표현하는데, 이 체·상·용도 몸을 근거로 해서 이름자가 붙여지지 않았나 싶습니다. 이건 어디까지나 필자의 개인적인 견해입니다.

사실 죽음은 참으로 자연스러운 상태라 필자는 봅니다. 우리가 저녁에 잠을 잘 때는 전혀 두려움이 없습니다. 왜일까요? 바로 그 이튿날 잠에서 깨남을 알기 때문입니다.

만일 깨남을 모른다면 문제가 완전하게 바뀝니다. 이것이 곧 **마음작용**입니다. 그런데 깨나지 않고 그렇게 죽는 사람들도 우리 주위에는 참 많습니다.

잠에 들기 전에, 마음을 아주 편안하게 갖고 잠에 들어보세요. 깊은 숙면을 취하실 것입니다. 죽음도 마찬가지라 봅니다. 깊은 숙면에 든다는 마음으로 죽음을 맞이해야 하는데, 죽음 앞에서는 그게 말과 같이 결코 쉽지는 않습니다.

한 가지 분명하게 말씀드린다면 죽음을
삶과는 절대로 연관 지어서는 안 됩니다.
연관을 짓기 때문에 윤회가 생겨납니다.
지금 현 인간의 삶은 의식계입니다.
죽음은 무의식계로서 삶과는 전혀 상관이 없습니다.

그러므로【죽음은 결코 절대로 두려움의 대상이 정말 아

닙니다.} 죽음은 변화의 한 과정일 뿐임을, 필자는 지금 여기에서는 이렇게만 말씀드립니다.

나!

　필자는 삶의 모든 진실을 삶 자체에서 찾아야 한다고 말씀드렸습니다. 그 이유는 삶을 살아가고 있는 주체가 바로 '나'이기 때문이지요. 내가 살아가고 있는 이 삶의 모든 진실이 다 내포되어 있다고 확신합니다. 사람인 나를 벗어난 진실은 진실이 아니듯, '나' 사실 이 삶에 본인 스스로의 의지·의도로 오신 분은 단 한 사람도 없습니다. 어쩌다 보니까 그냥 와 있던 것 아닙니까?

　삶에서의 모든 주체가 사람인 '나'입니다.
　종교의 법에 용어들, '일여', '상대성', '인과' 등등이
　결국은 사람인 '나'를 정점으로 해서 생겨났다는

이 사실을 깊이 있게 받아들였으면 합니다.

내가 없으면 그런 모든 것들 또한

일어나지도 생겨나지도 않았습니다.

그렇다면 이 삶의 주체인 '나'를 한번 깊이 관해 보십시다. 여기서의 '나'라는 명칭도 한계와 분별심을 가지면서 붙여지고 생겨난 것입니다.

나는 살아 있는 생명입니다. 살아 있는 생명이기 때문에 모든 것들을 보고, 듣고, 느끼고, 알고, 생각하고, 분별하는 몸이 있습니다. 그 몸이 살아 숨을 쉬며 움직이기까지 합니다. 이것을 흔히 '마음'이라고 표현하는데, 몸과 마음으로 구성된 생명체가 바로 '나'입니다.

여러분들도 의식을 최대한 발휘해 갓난아이의 상태로 들어가 보면서 이 글을 읽어 보시길 바랍니다.

아주 기본적이고 지극히 평범한 인간의 삶 속에, 사람으로 모습을 드러낸 갓난아이가 탄생됩니다. 갓난아이의 탄생 상태에서 보면, 처음엔 '나'라고 하는 '아'를 전혀 갖지 않은, 그냥 살아 있는 무어라 말로 표현키 어려운 그것입니다.

이것을 불교용어로 진공이라 하며 전체를 뜻하기도 합니다. 즉, '나'라고 하는 '아'를 갖기 이전의 상태입니다. 아주 쉬운 표현으로 배가 고프면 울어 어머니가 젖을 물리면 빨고, 배설물을 내보내고, 그 축축함을 느끼면 그 순간 보채는 그런 생리현상의 본능만이 있습니다. 이런 본능을 초의식, 전체 순수의식 상태라고들 말합니다.

사람 누구나가 이 세상에 모습을 드러내고 어느 정도의 일정 기간 동안엔, 의식이 참으로 총명하고 맑지 않는 한 그 당시를 기억해 내기란 상당히 어려운 일입니다. 그때는 【'나'라고 하는 '아' 의식】은 전혀 없습니다.

쉽게 표현한다면 '나'라는 의식은 전혀 없이, 갓 태어난 아이는 본능적인 표현, 즉 위에서 말씀드린 초의식, 전체 순수의식 외에는 하지 못합니다. 내(나)가 없습니다. '나'라는 인식(의식)이 없다, 못한다는 말입니다.

인간이 아닙니다. 〈어떻게 보면 이 표현이 더 적절할 수도 있지요.〉 물론 '인간'이라는 이 표현도 편의상 우리들이 만들었지만, 여기서 갓 태어난 아이를 순수한 인간적인 관념으로 보지 마십시오.

외면적으론, 비록 말도 못하고, 눈만 감고, 잠만 자고, 아무것도 모르는 것 같지만, 그건 어디까지나 개체인간인 내 입장에서 보는 것이지, 사실은 지금 갓 태어난 아이는 초의식인 전체 순수의식상태로서 존재하고 있을 뿐입니다.

초의식인 전체 순수의식 상태라는 것도
갓난아이가 의도해서 내는 것이 아니라는 것,
그냥 타고난 본능적인 행의 의식이라는 것입니다.
한마디로 인간을 초월한 **진정한**
'무아'의 상태라고 말할 수 있습니다.

〈진정한 '무아'의 개념이 바로 이것입니다.〉

이것을 필자는 자존, 즉 스스로 존재하는 것으로, 지금 갓난아이는 그냥 자존하고 있습니다.

모든 어머니는 갓 태어난 아이(지금부터는 '존재'로 표현하겠습니다)에게 젖을 먹이면서, 제일 먼저 하는 행위가 무엇인 줄 아십니까?

참으로 중요한 핵심입니다. 【네 이름은 (박) 아무개이다】 (여기서의 박 아무개는 그냥 박씨 성을 가진 이름입니다.

김 아무개, 이 아무개 등 뭐라 해도 상관없습니다)라고 최초로 이름을 붙여 줍니다.

비록 갓난아이 존재가 알아듣든, 알아듣지 못하든 존재에게 이름이 지워집니다. 이것이 무엇을 뜻한다 보십니까? 바로 존재에게 〈박 아무개〉라는, **인간 개체의 한계**를 지워 주는 것이지요.

필자는 【인간 개체의 생겨남】으로 표현합니다.
이것을 불교용어로 묘유라 하며 인간 개체를 뜻하기도 합니다. 즉, '나'라고 하는 '아' 의식을 갖게 되는 최초의 상태입니다. 갓난아이 존재는 그때부터 본인이 원하든 원하지 않든 〈박 아무개의 인간〉이 됩니다.

〈박 아무개〉가 돼서 이 육신의 옷을 벗을 때까지, 사후가 있다면 사후에도 사람들이 흔히 말하는 조상 대대로, 그 집안의 족보에도 기록되는 〈박 아무개〉가 되고, 그때부터 〈박 아무개〉인 인간 개체의 삶을 살아가게 됩니다.

길을 가다가도, 무슨 일을 하다가도 〈박 아무개야!〉 하면 뒤를 돌아봅니다. 자신의 몸을 뒤척일 정도로 개체의 〈박 아무개〉에 딱 묶입니다. 이제부터 그 존재는 〈박 아무개〉

의 인간 개체입니다. 존재가 아닌 〈박 아무개〉의 인간 개
체가 됩니다.

그럼 〈박 아무개〉라는 이름을 붙여 주기 전까진
그 존재는 무엇이었을까요?
【한계를 갖지 않은 무한 전체
그냥 순수한 그 자체인 존재】였습니다.

이 상황을 다시 풀어 보면 【무한 전체 그 자체】인 존재에
게, 너는 〈박 아무개〉라는 【유한 개체의 한계】를 심어 주는
것이지요. 한마디로 〈박 아무개〉라는 인간 개체의 한계가
지워집니다.

무한에서 유한으로, 존재에서 인간 개체로…. 계속해서
비록 똑같은 내용의 경우는 아닐지라도, 어머니는 존재에
게 【이런 것은 나쁜 것이고, 저런 것은 좋은 것이며, 이것
은 하지 말고, 저것은 열심히 잘하고, 장차 커서 훌륭한 사
람이 되어라】 등등의 사랑스런 말들을 해 줍니다.

이 말들 또한 무엇을 의미하는 것이라 보십니까? 이 말
의 내용이 바로 【분별심】입니다. 즉, 분별하는 마음을 심어

주는 것이지요.

- 좋고, 나쁘고의 분별하는 마음!
- 해라, 하지 마라의 분별하는 마음!
- 훌륭한 사람, 못된 사람의 분별하는 마음!

물론 반드시 그런 말을 한다는 것은 아니지만, 이름 다음으로 갓난아이에게 모든 어머니들이 해 주는 말들 대다수가, 커서 훌륭한, 좋은, 착한, 되라, 하지 마라 등등의 【분별심】에 해당된다는 요지에서 말씀드리는 것입니다.

좋은 덕담이라고도 할 수 있고, 사랑하는 자식의 앞날을 걱정하는 예방 차원의 훈계라 해도 좋습니다.

결국 어머니는 존재에게 **인간 개체의 박 아무개**라는 **【한계】를 지워 주고, 분별하는 마음인 【분별심】을 심어 줍니다.**

여기서 인간 개체의 한계와 분별심은?

어머니가 존재에게 주는, 최초의 지극하고도 사랑스러운 최고의 메시지일 뿐, 그것이 존재에게 인간 개체의 한계를 지워 주는 올가미가 되고, 분별심을 일으키게 하는 원인이 됨을 전혀 모르는, 순수하고도 고귀한 모든 어머니의 자식 사랑입니다.

인간이라면 누구든지 다 받는 어머니 최초의 지극한 사랑입니다. 이 사랑은, 부처님도 예수님도 모든 성인들도 여러분들도 다 받았던 사랑입니다.

그때부터 존재는, 어머니가 지어 준 〈박 아무개〉의 인간 개체가 되어서, 좋고 나쁘고의 분별하는 마음을 내고, 인간 개체로서의 삶을 살아갑니다.

안타깝게도 이때부터 인간의 모든 삶이 시작됩니다.

이 삶 역시도 인간 개체들이 만든 삶이므로

〈한계와 분별심으로 이루어진 삶입니다.〉

여기서 한계는 범위를 말합니다.

인간 개체의 육근, 즉 안·이·비·설·신·의 의 범위 안에 들어와 있는 것을 한계라 합니다. 그래서 유한이라고도 하지요. 육근의 범위를 벗어나면 한계를 벗어난, 무한이라고 합니다.

지금부터 존재는 인간 개체로 재탄생되면서 〈'나'라고 하는 '아'〉를 갖고 인간의 삶을 살아가기 시작합니다. '존재'에서 '나'로, **인간 탄생입니다.**

사람의 모습으로 태어난 모든 사람들은 본인의 의도와는 전혀 상관없이 삶에서 〈'나'라고 하는 '아'〉 의식을 필연적으로 겪으면서 이때부터 자신의 삶을 살아가기 시작합니다. 지금부터는 인간인 '나'입니다. '나'의 시작입니다. 인간의 삶을 살아가기 위해선 한계와 분별심, 이 두 가지가 필연적으로 있어야 한다는 관념이 생깁니다.

여기서 한계와 분별심에 대해서 말씀드리면, **한계는 내가 부족한 중생이고 신의 피조물임을 각인시켜 주는 결과를, 분별심은 상대성을 일으키는 가장 큰 요인의 결과를 초래하게 됩니다.**

【전체의 순수의식 · 초의식의 상태】
【존재, 자존의 상태】

분명한 것은 처음엔 그런 완전한 상태로 오지만, 결국엔 인간으로 재탄생되는 필연을 겪으면서 그때부터 스스로를 아주 나약한 중생으로 길들어지게 됩니다.

한계와 분별심이 바로 그것입니다. 그 한계와 분별심 또한 어린 갓난아이의 몸·마음에 깊이 세뇌됩니다.

사실, 어린 갓난아이는
〈'나'라고 하는 '아'〉
의식을 전혀 갖고 있지 않습니다.
한계와 분별심이 전혀 없는,
즉 있는 그대로 완전함의 상태입니다.
그래서 【사람은 본래 완전한 존재】라는 것입니다.

〈참으로 공한 가운데 묘한 의식이 있는〉 나는 진공묘유입니다.

〈'나'라고 하는 '아'〉 의식은 인간 개체를 뜻하는 참으로 중요한 상태로서 본문에서는 많이 인용해서 사용할 것을 미리 말씀드립니다.

비록 〈'나'라고 하는 '아'〉 의식을 갖고 있는 인간이라 하지만, 본래부터 완전한 그 자체였음을 증명하는 여러 능력들을 인간은 다 가지고 있습니다. 보고, 듣고, 느끼고, 알고, 생각하고, 분별하는 그 능력들을…. 이것도 몸·마음이 합니다.

우주에 로켓을 발사하여 우주 정복에 한 걸음 다가서고, 바다를 메 꾸어 육지로 만드는 지구의 대변혁을 꾀하는, 산을 깎아 초고층의 건물을 올리는 등등 인간의 삶을 윤택하고 편리하게 만드는 이런 최첨단 과학의 힘이 과연 어디서 나온 다 보십니까?

위에서 말씀드린 바로 인간의 모든 능력에 속해 있는 것입니다.

항간에 말들 하는 내 몸은 내가 아니라는 발상!

솔직히 몸이 있어 그 몸을 지탱하기 위해 먹어야 하고, 그래서 피치 못할 상대와의 생존경쟁에 임하는 것이 삶입니다. 몸에 집착하지 말라는 수행의 한 과정에서 비롯됐다 봅니다.

아무리 깊은 선정에 든다 해도 이 육신의 옷을 벗기 전에는, 이 육신에 매일 수밖에 없습니다. 이 몸, 육신을 너무 쉽고 가벼이 여기지 마십시오. 이 육신의 옷을 벗은 상황에선 결코 여러분들이 말하는 깨달음을 절대로 펼 수가 없습니다.

깨달음은 이 육신이 살아 있을 때 펼 수 있습니다.

왜냐하면 이 몸! 육신은

고통(괴로움)을 수반하고 있기 때문입니다.

이 몸! 육신이 있어야

고통(괴로움)의 인과를 알 수 있습니다.

사성제인 고·집·멸·도의 고가 바로 이것을 말함입니다.

결국 생각·분별심에 의해서 인간의 삶이 시작되고 그래서 깨달음이 생겨났습니다. 나는 하나입니다. 이 하나가 위에서 설명하였듯이 내가 있어 있고, '나' 아닌 게 단하나도 없다는 의미입니다.

삶에서 한 행위들

———

"똥밭에서 굴러도 저승보다는 이승이 났다."

솔직히 이승이 뭐 나은 게 있다고 이런 말을 하겠습니까? 이 말은 아마도 현 삶(이승)에 마음의 착이 생겨 그 착에서 벗어나기가 힘들다는 한 표현 방식일 뿐입니다.

사실 삶이 있어 모든 고통(괴로움)이 있는 것인데 왜 그렇게 삶을 벗어나지 않으려 영생을 찾고 이상적인 삶을 찾는 걸까요? 삶에서 생긴 마음의 집착 또한 무시하지 못할 부분임만은 분명합니다.

그렇다면 삶이 왜 고통(괴로움)스럽습니까?

삶 자체가 **한계와 분별심을 갖고 있는**

인간 개체들이 만든 삶이기 때문입니다.

지금부터 필자가 보는 인간의 삶을 평범하면서도 냉철하게 말씀드립니다. 인간의 삶은 물질인 사람의 몸이 살아가는 것으로서 물질계의 모든 것들은 상대성으로 구성되어 있다는 것을 말씀드립니다.

그 첫째가 「나!」 단원에서 설명하였듯이 '나'라고 하는 '아'의 의식이 발동하면서 인간인 내가 생겨나고 상대성인 '너'가 생겨납니다.

물질은 한정되어 있고, 각 개개인의 가지려는 수요는 무한하여 거기서 비롯된 욕망과 집착에 의해 내 것, 네 것의 가짐이 생겨나고 그로 인한 생존경쟁이 싹 트게 되면서 삶이 힘들고 어렵게 됩니다.

생존경쟁의 아귀다툼에 의해 오직 나와 내 가족만을 위한 삶을 살게 되고, 그것이 심화되면서부터는 상대를 죽이기까지 하는 살인과, 국가와 국가 사이에는 전쟁이 발생되기에 이릅니다.

결국 이 모든 원인이 인간인 내가 생겨나면서 일어나는 것으로서, 인간이라면 그 누구도 피할 수 없는 필연이라

할 수 있습니다.

욕망과 집착에 의한 생존경쟁의 삶! 사람은 모습을 드러내게 되면 필연적으로 반드시 겪어야 할 과정입니다.

'왜 이런 삶을 반드시 겪어야 할까?'보다는, 필자는 **'왜 이런 삶에 태어났을까?'** 하는 것을 더 중요시 여깁니다.

사실 필자가 죽음의 상황에서 체험해 본 바로는 이 삶과 나와는 전혀 상관이 없습니다. 단지 내가 삶에 관여해서 모든 관계가 성립될 뿐이지 내가 관계를 끊으면 냉정할 정도로 끊어지는데,

이것이 무엇을 뜻하는 것 같습니까?

우선 이 삶에 태어나는 것, 사람이라면 누구든지 크게 아래 3가지 유형에서 결코 절대로 벗어날 수는 없습니다.

인간 누구나 한날한시 다 똑같은 태어남인데도 크게 3가지 유형이 있습니다.

- 대부호 사람들이 흔히 말하는 금수저, 즉 상류층의 집에서 태어나는 자식
- 그와 정반대로 힘들고 어려운 아주 못살고 가난한 집에서 태어나는 자식
- 그냥 평범한 중위권의 집에서 태어나는 자식

또 삶을 살아감에 있어서도 크게 3가지 유형이 있습니다.

- 무슨 일을 해도 그냥 무난하게 잘되고 잘 풀리는 성공적인 유형
- 되는 일을 갖다 줘도 안 되고 실타래 엉키듯 잘 안 되는 실패의 유형
- 평범하게 크나큰 실패도 성공도 없이 그냥 무난한 유형

이 상황은 삶에서 실제로 일어나는 상황입니다.

삶에서의 유형을 크게 두 가지로 분류해서 나누어 보았

습니다. 첫 번째 유형은 본인 스스로의 의도·의지와는 전혀 상관없는 태어나고 보니까 갖게 된 유형, 두 번째 유형은 삶을 살아감에 있어서의 유형입니다.

이렇게 태어남과 삶에서, 각각 3가지 유형이 나온다는 건 무엇 때문일까요? 어디에, 어떤 점에서, 무엇에, 영향을 받아 3가지 유형으로 나누어지는 걸까요?

이 부분을 필자는 상당히 중요하게 보고 있습니다.

특히 첫 번째 유형은 솔직하게 인간적인 입장에서는 이해하기가 힘듭니다. 무엇에 영향을 받고 그렇게 태어날까요? 이렇게 본다면 전생 윤회가 전혀 없다고는 볼 수 없습니다. 그 전생은 누가 만들었을까요?

이런 점으로 필자는 전생 윤회를 인정하며 본서에서는 틈틈이 다루고 있습니다.

그 둘째가, 도를 하시는 분들은 이 삶을 허상이고 꿈이라고들 합니다.

분명한 것은, 삶의 모든 것들은 언젠가는 다 사라지고 없어진다는 사실입니다. 인간 역시도 마찬가지입니다. 그래서 실체가 없다고들 하는데, 그럼에도 그 실체를 찾으려 무던히도 애를 씁니다. 이렇게 본다면 사실 삶도 생각 아닙니까? 생각이기 때문에 허상이니 꿈이니 말하는 것이 아닐까요?

필자는 삶은 진실이 아닌 물질계의 가상현실 세계라고 봅니다.

가상현실 세계에서 나름대로 최선을 다해 열심히들 살아가고 있는데, 모든 것들이 마음먹는 대로 잘 이루어지지 않고 힘들고 어렵기만 합니다.

인간의 삶은 실상이 아닌 가상현실 세계입니다.
가상현실 세계이므로 모든 것들에 정해짐이 없습니다.

정해짐이 없으므로 옳고 그름, 있다 없다, 선과 악 등 모든 상대성들의 경계 지점을 명백하게 구분 짓지 못하는 것입니다. 스스로의 관점에 의해서 그때그때 순간순간 다 변하는 것이지요.

그런데 사람들은 정해짐을 만들고 거기에 묶이는 삶을 삽니다. 이것이 옳다 생각되고 결정짓게 되면, 그 외의 나머지는 다 그르다고 봅니다.

가상현실 세계이기 때문에 일어나는 발생하는 일들이기에 어쩔 수 없지만, 이 때문에 참진실이 드러나지 못하고 그냥 묻혀 버리는 일들이 종종 발생됩니다. 특히 인간 삶에서 아주 중요한 종교, 진리, 깨달음 면에서는 아주 심합니다.

사람들의 인식이 이미 확고하게 굳어져 버렸습니다. 그래서 깨어나기가 깨닫기가 몹시 힘들고 어려운 것인지도 모르지요. 너무나도 안타까운 사실입니다. 이것을 풀지 않고서는 결코 절대로 정말로 완전하게 깨어날 수 없습니다.

사람은 본래 완전한 존재 그 자체입니다.
그렇다면 왜 이런 사실들이
그동안에 밝혀지지 않고 있었을까요?

이건 어디까지나 필자만의 순수한 생각일 수도 있지만, 당시의 시대적인 여러 어려운 상황, 글이 없던 시절 법의 전달 과정, 후에 글이 생기면서 각자 다른 이해와 해석, 글로서의 표현, 번역 과정에서의 오류 등으로 인한다고 봅니다.

그리고 그중에서도 가장 중요한 〈깨달음〉의 용어에 대한 위대성 강조를 위해 높이 떠받들어진 용어의 포장 해석이 크게 작용하지 않았나 보고 있습니다.

뒤의 「깨달음 1」 단원에서 자세히 말씀드리겠지만 만인을 위한 부처님의 깨달음 법이 아무나 이룰 수 없다는 것은 정말 이해하기 힘든 부분이 아닐까요?

그런데도 사람들은, 가상현실 세계를 실상으로 보고 그 삶에 자신의 모든 것을 다 바치는 삶을 삽니다. 그러기 때문에 내가 누구인지도 모르고 어디서 와서 어디로 가는지, 또 실체가 무엇인지도 모르는 항상 의문의 삶을 살아가고 있습니다.

삶이 힘들고 어렵다 보니 종교를 의지처로 삼으며 '신'에 종속되고, 인간의 삶이 윤회의 깊은 수렁임을 전혀 모르고 삶에 취해 거기에서 빠져나오려는 생각은 없이 사후 윤회에 빠져 깨달음을 찾는 삶을 살아갑니다.

그 셋째가, 사람의 삶에서 풀리지 않은 아주 중요한 부분이 있습니다.

이 삶에 온 목적을 전혀 모른다는 것입니다. 왜 왔는지 무엇 하러 왔는지도 모르고, 그냥 삶에 휩쓸려 가고 있습니다. 분명히 오고 싶어서 온 것은 아닌데, 문제는 살다 보면 좋은 일 궂은일 다 겪으며 참고 인내하여 얻은, 온갖 피나는 노력과 최선을 다한 결과물이, 결국은 늙고 병들고 끝내는 죽음으로 돌아온다는 데 있습니다.

삶에서 일구어 낸 모든 것들을 다 놓고 혼자만이 떠나야 하는, 이것이 사람들의 삶입니다. 내가 이러려고 이 삶을 그렇게까지 열심히 힘들고 어렵게 살았는지, 한편으로 보면 참으로 허망하고 답답할 뿐입니다.

사람이 도대체 이 삶에 온 이유가 무엇 때문일까요? 분명한 그 어떤 이유가 있을 텐데, 깨닫기 위해서일까요?

필자도 한때는 그렇게 생각한 적도 있었습니다. 사실이 그렇다면 인간은 태어나자마자 갈 곳은 딱 한 군데뿐입니다. 출가입니다. 출가해서 부지런히 깨닫기만 해야지요.

사실 늙거나 병들거나가 중요한 게 아니지요? 죽음입니다. 사담이지만, 삶에서 그 무엇 하나 부족함이 없었던 한국 초대대기업 창업주가 임종을 얼마 남겨 놓지 않은 상황에서 24가지의 질문서를 신부님께 올렸다는 한 일화가 전해지면서 당시 사회적 이슈가 되기도 했지요?

질문서의 내용들이 힘든 삶과 결과물에 대한 종교적 비유와 의문 등이었습니다. 그 질문서를 올릴 때의 그 심정이 과연 어떠했겠습니까? 삶을 비관적으로 봐서가 아닌, 사실이 그렇지 않습니까? 죽음을 두려워하지 않는 사람은 없습니다.

온갖 역경을 무릅쓴 삶의 끝이 희망 낙원도 아닌 죽음이라면?

당신은 두 번 다시 이 삶에 오시겠습니까?

그렇다면 사람은 이 삶에 왜 무엇 하러 모습을 드러낸 걸까요?

별것 아닌 질문 같지만, 삶에서 차지하는 그 비중은 참으로 대단합니다.

사고(思考)의 두뇌를 가진 인간이기 때문에 이런 의문들을 갖는 것은 어찌 보면 당연한 것인데, 안타까운 것은 물 속에서 물을 찾는 격이라는 데 있습니다. 그래서 지금까지 풀리지 않았던 것이지요.

그럼 위와 같은 의문들이 왜 그리 중요한 걸까요? 지금 현재는 대수롭지 않게 웃으며 말씀하시겠지만, 삶에서 본인 스스로가 감당키 어렵고 힘든 상황이 닥친다든지, 나이가 들고 몸에 병이 오고 죽음이 가까워지면 나약한 인간의 본성이 드러나면서 자신도 모르게 불안해지고 위와 같은 의문이 앞섭니다.

풍요한 사람은 그 풍요함을 다 놓고 가야 하기 때문에 몹시 불안한 것이고, 힘들고 어려운 삶을 살았던 사람들은 또다시 이런 삶에 태어나 거기에 빠질까 봐 두려운 것이지요.

그러면서 자신을 중생이니 신의 피조물로서 항상 부족하고 불완전한 인간으로 여기면서 오로지 깨달아야 함만을 주장하면서, '신'에 의지합니다.

이 삶에 온 목적을 모른다는 것은 무엇을 뜻하나요? 삶의 좌표를 잃어버렸다는 것인데, 그러기 때문에 오로지 각 개개인의 욕망과 집착만을 내는, 삶에서 어떻게 하면 상대보다 더 잘 살 수 있는지에만 온통 관심을 갖고, 【끝없는 경쟁의 삶】, 내 것이 없으면 【도태되고 죽는다는 관념의 삶】, 당신은 실제로 이런 삶을 살고 있지 않습니까?

이상의 세 가지로 미루어 보건대 사실

인간의 삶은 가상현실 세계이므로

결코 절대로 빠져서는 안 될 부분으로서

인간이 삶에 모습을 드러내는 이유는 그 삶이 곧

윤회의 삶 속이고 거기서 깨어나기 위함입니다.

그런데 이런 사실을 전혀 모르고 있습니다.

인간의 가장 큰 문제가 아바타로서 윤회의 깊은 삶 속에서 헤매고 있다는 것입니다. 이런 상황에서의 인간이 해야할 일이 무엇이라 보십니까?

윤회의 사슬에서 풀려나는 게 급선무입니다.

부처님의 최종적인 법이 바로 도성제로서, 도에 이르는즉 열반을 말씀하고 계시는데, 열반이란 곧 본래의 자리를 의미하는 것으로서 윤회에서의 해탈이 곧 본래로 드는 것을 말합니다.

이미 '신' 그 자체가 되어 있음을, 본인 스스로가 '신'임을 확신하고 인정하여 '신'으로서의 삶을 살아가기만 하면 됩니다. '신'이 되어야 윤회에서 벗어날 수 있는 것입니다.

인간이 이 삶에 온 목적이 바로 윤회에서 벗어나 본래로 회귀하기 위해서 왔습니다. 그러기 위해선 **본래인 '신'이**

되어야 하고, 꾸준한 자각에 의한 '신'의 삶을 살아야 합니다. 그래야지 본래로 회귀함과 동시에 이 윤회의 삶에 종지부를 찍게 됩니다.

〈사람은 본래 완전한 존재〉

말 그대로 사람은 본래 완전한데 '나'라고 하는 '아'를 의식하게 되면서 인간인 내가 되었고, 이 삶 속에 깊이 세뇌되다 보니 또다시 이 삶만을 찾게 되고 그것이 윤회가 되어 윤회의 깊은 수렁에 계속 빠져 헤어 나오지를 못하고 깨달음만을 찾고 있었던 것이 그동안의 인간 삶이었습니다.

사실 인간의 삶에서 배워 가는 것이 솔직히 무엇입니까? 어떻게 하면 상대보다 더 잘살 수 있을까 에만 온 심혈을 다 기울인 것, 오직 나와 내 가족만을 위한 삶, 자기만의 착에 빠진 삶만을 살았습니다.

문제는 남은 삶을 어떻게 살아갈 것이냐가 가장 중요합니다. 스스로가 의식전환을 통해서 본래 그 자체로 회귀하는 삶을 살면 됩니다.

이제부터는 깨달음이 아니라 깨어남입니다.

깨어남은 인간인 내가 참으로 사라진 '무아'로서

'신'으로의 의식전환을 통해서 본래의 '신'이 되는 것입니다.

〈사람은 본래 완전한 존재〉, 즉 이 존재가 바로 '신' 그 자체임을 만방에 '고'하면서 꾸준한 자각과 함께 본래로 회귀하는 방법밖에는 없습니다. 이것이 바로 이 책의 핵심이며, 이 존재가 권하는 의식전환인 깨어남입니다.

깨달음 · 깨어남은 오로지 삶 속에서만 이루어지는 것이기에, 〈삶은 기회이다〉라고 말씀드립니다.

사실 깨어나 해탈을 이루어 열반에 들기 위해서는 삶 속에서만 가능합니다. 그래서 가난하게 태어나고, 힘들고 어려운 삶의 유형에 속한 사람들에게 삶을 비관적으로만 보지 말라는 이유가 여기에 있습니다.

그런 어려움이 닥쳤다는 것은, 깨어나 해탈을 이룰 수 있는 기회가 왔다는 것을 보여 주는 것으로서, 그렇게 태어나고 그런 힘든 삶에 처하게 됩니다.

힘들고 어려운 삶을 사는 분들이 깨달음 · 깨어남에 관심을 갖는다는 것은 대부분 깨어날 기회가 왔다는 증표인데,

이 기회를 그냥 넘기시겠습니까?

깨달음, 즉 깨어남은
아무나 되고 이루는 것이 아닙니다.
때가 된 자! 깨어날 때가 된 자!
그만이 깨어나는 것입니다.

이는 곧 깨달음에 관심을 갖고 구하고 행하는 자만이 깨어날 수 있다는 뜻입니다.

아무리 옆에서 말하고 권해도 별 무관한 사람은 아직 깨어날 때가 되지 않은 사람으로서 굳이 깨달음을 종용할 필요가 없습니다. 아직 시기상으로, 또한 윤회의 사슬에서 풀려날 때가 되지 않았으므로 좀 더 인간의 삶을 사셔야 합니다. 공연히 의견 다툼, 충돌만 일어날 수 있음을 명심하길 바랍니다.

깨어남도 반드시 때가 되어야 깨어날 수 있다는 것입니다. 마치 병아리가 알에서 부화될 때 어미가 알을 쪼듯이 병아리도 안에서 그곳을 쪼는 것과도 같습니다.

삶에 힘들고 어려움이 많고 진실을 추구하며 올바른 가

치관이 나오면서 진리에 변함이 올 때, 깨어남에 관심을 가짐과 동시에 깨어나게 됩니다. 한마디로 관심이 중요 척도가 될 수 있음을 분명히 말씀드립니다.

사람을 인도할 때 그것으로 척도를 삼으시길 바랍니다. 깨달음·깨어남에 별 무관한 사람에겐 헛공을 들일 필요가 전혀 없습니다.

사람의 삶은 연으로 이어져 있습니다. 악연이든 필연이든 연이 닿아야 맺음이 가능합니다. 이 점 유념하시고 삶에 임하시면 많은 도움이 되실 것입니다.

깨달음 1

글을 시작하기 전에, 이 단원은 필자의 개인적인 사상과 생각, 추측들이 많이 포함된 단원임을 분명히 말씀드립니다.

필자가 주장하는 깨달음은 깨어남입니다.

부처님의 깨달음의 가장 큰 목적을 필자는 열반으로 보고 있습니다. 열반은 결국 해탈을 전제로 하고 있으며, 해탈은 윤회를 하는 '나'에게서의 벗어남을 의미합니다.

윤회의 주체가 곧 '나'이고, 집착을 일으키게 하는 요인이 '삶'으로서, 내가 이 삶에서 집착을 일으키면서 모든 고통(괴로움)이 발생됩니다. 그런 '나'를 완전하게 다 놓는 것이 '무아'이고, '무아'가 된 상태에서만이 적멸인 열반에 드는 것입니다.

필자는 대성인이신 부처님의 깨달음을 참으로 존경합니다. 단지 그 당시의 시대적인 여러 상황들, 글이 없던 시절 제자들의 면면, 가르침, 법의 전달 과정 등등 상당히 어려운 부분들이 많았지 않았을까 하는 생각이 듭니다.

여기서 부처님 법의 과정을 한번 간단하게 살펴봅시다. 초기경전에 보면 사성제인 고집멸도부터 시작합니다. 고성제, 집성제, 멸성제, 도성제 여기에서, 4고 · 8고가 나오고, 5온, 12연기가 나오고, 8정도가 나오고, 마침내 열반이 나옵니다.

이것을 4성제로 나누어 간단히 풀어 보면 다음과 같습니다.

– 고성제: 괴로움

– 집성제: 괴로움의 발생 원인

– 멸성제: 괴로움의 소멸

– 도성제: 괴로움의 소멸에 이르는 길, 즉 열반

이치상으로는 아주 간단하면서도 그렇게 어렵지 않은 것 같지만, 막상 수련·수행을 통해 이 모든 것들을 깨달아 가기란 그리 만만치가 않습니다.

각각의 내용 속에는 밝혀지지 않은 많은 부분들이 잠재해 있는데【중도, 삼매, 3학(계정혜) 무상, 고, 무아, 열반(제행무상 일체개고 제법무아 열반적정) 위팟사나(알아차리기), 초선 2선 3선 4선, 육바라밀, 4염처, 7각지, 4무량심 등등】은 초기불교에 지나지 않지만, 지금의 대승불교로 오면서 8만대장경 등 그 세세한 부분까지 친다면 방대하기 이를 데 없습니다.

또한 그것을 깨닫기란 어지간한 인내심과 많은 세월이 아니고서는 **일반인으로서는 감히 깨달음에 대한 엄두도 못 낼 정도로 어렵습니다.** 깨닫기 위해서는 자신의 사생활은 잠시 접어 두어야만 하는데, 솔직히 출가를 하지 않은 일반 재가자들이 깨닫기란 참으로 힘듭니다.

물론 많은 세월 속의 변천, 법의 전달 과정 등에서 비롯되었는지는 모르지만, 만인을 위한 부처님의 깨달음 법이 출가한 자들만을 위한 법이라면, 과연 부처님께서는 그런 법을 펴셨을까 하는 의구심이 먼저 앞섭니다.

그러면서 여기에는 분명히 밝혀지지 않은, 아니 밝힐 수가 없었던 당시의 어려운 상황이 분명히 있었으리라 필자는 추측·단언해 봅니다.

부처님 당시의 상황을 짐작해 보아도 힌두교의 죽음을 넘나드는 종교의식 수련·수행 아트만인 참나 사상 또한 힌두교 브라만 세력이 워낙 막강한 가운데 여러 계급으로 형성되어 있고, 귀족과 천민 그리고 빈부의 격차로 인한 계급사회가 상당히 심했다고 합니다.

부처님을 따르던 제자들 대다수는 힌두교에서 버림받은 최하위의 계급과 어렵고 힘든 삶을 살아가는 천민 출신들이었던 것으로 알고 있는데, 그런 사람들에게 부처님 법은 상당히 더 어려웠을 것입니다.

또한 부처님께서 대각을 이루시고 다섯 비구를 시작으로 수많은 사람들에게 글이 없었던 상황에서 말로써 일일이 깨달음의 법을 전했는데, 부처님의 말씀을 듣고 얼마 만에 많은 사람들이 아라한과에 드는 깨달음을 이루었다는 것입니다.

천민에, 교육의 영향을 받기 어렵고 힘든 삶을 사는 사람들에게, 글이 없던 시절 어떤 말씀에 법을 펴셨기에 그

짧은 기간 동안에 모두들 아라한과에 들었던 걸까요? 참으로 의아하면서도, 한 번쯤 깊이 생각해 볼 문제가 아닐까요?

부처님 법을 좀 더 깊이 있게 들여다보면, 세월이 가면 갈수록 깨달은 자들이 많이 배출되지 않고 있습니다. 필자는 이 부분을 매우 주의 깊게 보고 있습니다.

대성인이며 만인의 등불이신 부처님 대법이 몇몇 분의 깨달음에 머문다면, 이 부분에 대해서 독자님들의 생각은 어떠한지요? 정말 진지하게 생각해 볼 문제가 아닐까 싶습니다.

그동안에 깨달음은 말로 표현하고 논리를 펴서 상대를 이해시키는 학문적인 분야가 아니라고 말씀들을 하고 있지만, 이제는 그렇지 않다고 필자는 감히 말씀드립니다.

얼마 전, 조계종 모 스님께서 부처님의 깨달음을 이루는 깨달음이 아닌 이해하는 깨달음으로 말씀하시면서 약간의 잡음이 일어났다고 들었습니다.

저는 그 점에 대해서 그 스님의 말씀을 전적으로 동의합니다. 글이 없던 시절, 부처님께서는 자신이 이룬 깨달음을 일일이 말씀을 통해서 직접 설법하시고 서로 토론하며 대화로써 상대를 이해시키고 하는 그 과정에서 도저히 깨닫지 못하는 제자들에겐 부처님만의 처방으로서 **자신감과 완전함 진리를 부추겨 줌**으로써 쉽게 깨달음을 이룰 수 있도록 인도하셨을 것이라 필자는 보고 있습니다.

사실 깨달음을 논리적인 것으로만 보고 알면 깨닫지 못할 이유가 전혀 없습니다. 어느 정해짐이 없기 때문이 아닐까요? **자신의 삶을, 완전함을, 매 순간 꾸준히 자각하는 것도,** 어찌 보면 여니 수련·수행보다 더 나을 수 있다고 볼 수 있습니다.

체계화된 부처님의 깨달음을 하나씩 하나씩 깨우쳐 풀어 나가는 것과, 글이 없던 시절 부처님께서 손수 행했던 설법·토론·대화로써 논리적인 사유와 성찰을 통해 깨달음을 이해의 영역으로 이끌었던 것. 이 두 가지가 병행될 수도 있음을 분명히 말씀드립니다.

이 책은 이미 완전한 '신'으로서의 자신감을 갖고

자신의 삶과 모든 것에 임해 보는

획기적인 방법을 행함으로써
'신' 그 자체로서의 삶을 직접
살아 보는 것에 초점을 두고 있습니다.

깨달음을 너무 신비주의적인 것으로 몰고 가는 경향이 짙다고 보는데, 그래서 깨달음을 평범하게 인간적으로 말씀드리면 전혀 믿지를 않으려 합니다.

힌두교는 신들이 많을 뿐만 아니라 거기에서 오는 신비감이 상당히 강한 면모를 보이고 있습니다. **깨달음은 있는 그대로의 거짓 없는 진실이라 필자는 확신합니다.**

사람은 모든 면에 있어서 상대성적인 면을 모두 다 갖추고 있으므로, 1등도 꼴찌도 할 수 있고 성공과 실패도 할 수 있습니다. 이 모든 것들이 다 완전하기에 가능한 것 아니겠습니까?

사람은 이미 완전한 그 자체이기에, 이렇게도 저렇게도 본인 하기에 따라 능통할 수도 있고 초능력적인 면도 충분히 발휘할 수 있다는 말입니다.

실재하고 실상이며 누구든지 다 통용되는 진실입니다.

깨달음!

아주 쉽게 표현해 보면 글자 그대로 아는 것, 앎!

이와 같이 깨달음의 그 뜻과 같이 아주 쉬운데, 많은 사람들은 어느 특별한 정해진 사람들, 즉 출가자의 전유물이라고들 생각합니다. 스스로 깨닫기가 너무나 힘들다 보니 그렇게도 유추해 볼 수도 있겠지요.

지금부터는 필자가 생각하고, 이 책에서 주창하는 깨달음에 대해 말씀드려 볼까 합니다.

삶에서 가장 중요하다 여기는 부분은 삶의 행입니다.
현재 주어진 각자의 삶을 어떤 마음을 갖고
어떤 행을 해 가면서 살아가고 있는가
하는 것을 매우 중요시 여기고 있습니다.
깨달음 역시도 마찬가지입니다.

무엇을 어떻게 깨닫든 그게 결코 중요하지는 않습니다. 깨닫고 난 이후, 삶의 행이 어떤가 하는 것, 이게 정말 중요합니다. 자신의 삶이 바뀌지 않은 깨달음은 아무짝에도 쓸모없는 깨달음입니다.

그런데 많은 사람들은 깨닫고 난 이후의 삶보다는 삶에서 무엇을 어떻게 깨닫느냐를 매우 중요시 여기고 있습니다. 즉, 깨닫는 게 중요할 뿐 깨닫고 난 이후의 행은 당연히 모두가 다 깨달은 행을 한다는 관념이 매우 깊숙이 배어 있습니다.

내 본래가 무엇인가 하는 것을 스스로 그것을 깨닫기만 하면 다 끝나는 것으로 알고 있습니다. 그러면서 어떤 보림의 행을 꾸준히 하면 당연히 된다고들 여기는데, 과연 그렇게 해서 되는 사람이 얼마나 있다고 보십니까?

이미 진실이 다 드러난 상황에서 말씀드리면, 내 본래가 '신'임을 깨닫는 것, 그리고 '신' 그 자체가 되기 위해 꾸준한 보림만 하면 완전한 깨달음의 완성이라 생각하는 경향이 있습니다.

깨달음을 가장 중요시 여기고, 되는 것은 이미 깨달았기 때문에 시간만 가면 자연적으로 그냥 된다고 생각하는 것으로, 결국 깨달음을 최우선적으로 보고 있습니다.

된다는 것, 완성을 이룸이 무엇을 뜻한다 보십니까?

'신'이 된다는 것, 결코 절대로 쉬운 일이 정말로 아닙니다.

【깨닫고 보니까 내가 본래 '신' 그 자체임을 아는 것인데,】 마지막 결정적인 순간에 아는 것으로 그치고 '신'이 되지를 못한다면, 그런 깨달음은 깨달으나마나 매 마찬가지입니다. 우리 주위에 지금 이런 분들 참으로 많습니다.

'신' 그 자체가 되지를 못하다 보니 겉으로는 다 된 척, 말로 지혜로는 모르는 법이 없을 정도로 법에는 상당히 능통한데, 정작 '신'의 행은 나오지 않고, 뒤로는 온갖 분별망상이란 망상은 다 짓고, 상대 공부나 평하고, 유튜브에 자기 내세우느라, 도반들 모으랴 바쁩니다.

그래서 필자는 깨닫는 목적과 방법이 결코 중요하다 보지 않으면서, 〈본래부터 완전함〉을 처음부터 말씀드렸고, 본래 완전한 그 자체로 왔으니까 깨달음에 전전긍긍할 게 아니라 자기 자신이 본래가 '신'임을 알고 '신'이 되어 '신' 그 자체로서의 완전한 삶만을 살면 된다고 강조드렸던 것입니다.

그런데 그 사실을 전혀 조금도 인정하지 않고 오직 스스로 깨달아야 한다는 깨달음에만 집착하고 완전함만을 추구하면서 본인 스스로를 중생이니 신의 피조물로 몰아 붙이기만 하고 있는 실정입니다.

깨달음은 아는 게 아니라, 되는 것입니다.
내가 본래이고 '신'임을 알아봤자
그게 무슨 소용 있습니까?

이제 인터넷이 보편화되고 인간의 두뇌 역시 예전과 같
지 않아, 깨달음이 무엇인지에 대해서는 방송 매체를 통
해 어느 정도 다들 알고 있습니다. 스스로 깨닫지 못해도
내 본래가 '신'임을 아는 것 정도는 다 압니다. 되지를 못
해서 문제가 되는 것이지요.

되어야만 합니다. 스스로 깨달아 아는 것이나, 〈본래부
터 완전함〉을 들어서 아는 것이나, 앎은 다 똑같습니다.

어떤 방법으로 어떻게 깨달았든, 깨달은 이후의 삶이
가장 중요한 것이고, 그 삶이 곧 '신'의 삶이어야 하며, 이
것이 진정한 '무아'가 된 삶입니다.

그래서 〈본래부터 완전함〉으로 이 삶에 온 것이라, 필
자는 강력하게 주장하는 것입니다.

그렇다면 깨달은 자, 아니 '신'의 삶과 행위가
별도로 정해져 있는 것일까요? 절대 아닙니다.
핵심은 '신'의 행이 곧 무엇이냐 하는 것입니다.
바로 '무아'입니다.
진정한 무아가 된 삶과 행.
이것이 필자가 말하는 '신'의 삶과 행입니다.

참으로 진정으로 '무아'가 된 삶을 행위를 하고 있냐가
매우 중요합니다. 그래서 필자는 깨달음이라는 용어를
깨어남으로 부르고 있습니다.

'무아'가 곧 '신'으로의 깨어남입니다. 한마디로 의식전
환인 게지요. 자칭 타칭 깨달음을 이루었다는 분들, 진실
로 자신이 깨달았다면, 진정한 '무아'가 되었는지는 본인
스스로만이 알 수 있는 진실입니다. 기존의 '무아'가 되는
법, 그렇게 해서는 결코 절대로 '무아'가 안 됩니다.

사람이 이 삶에 왜 온 줄 아십니까? 윤회에서 완전하
게 해탈하여 '무아'인 '신'으로서의 삶을 살아가기 위함입
니다.

그럼 진정한 '무아'가 되려면 어떻게 해야 할까요? 아

는 깨달음에서 되는 깨어남으로, '나'에서 '신'으로 의식전
환을 해야만 합니다.

의식전환!
이것이 바로 진정한 '무아'가 되는 길이고
필자가 주창하는 깨어남입니다.

필자는 처음부터 〈사람은 본래 완전함〉이라 말했습니다.
완전함이 무엇입니까?

오랜 세월이 흐른 후에 선종이 생기면서, 본래면목이라
는 화두가 등장합니다. 본래면목이란 모든 사람들에게 본
래부터 갖추어져 있는 원만하고 진실한 면모를 뜻합니다.

즉, 이 말은 결국 부처와 중생이 하등의 차이가 없이 완
전하게 동일한 모습으로 설정되어 있음을 말해 주는 것으
로서, 본래부터 갖추어진 사람의 위대함과 완전함을 간접
적으로 시사해 주는 내용이 아니겠습니까?

『천부경』에서도 천(하늘)과 지(땅)와 인(인간)은 본래 하
나로서 완전하다 했습니다. 사람들 능력의 한계가 어디까
지라고 보십니까? 정해지지 않은 무한 그 자체입니다. 이

것이 신의 능력이 아니고 무엇이겠습니까?

깨달음이 왜 쉬운 줄 아십니까?

사람들 모두가 다, 각자 이 삶에서 말하고 행위하며 느끼고 알고 생각·분별하는 이 모든 것들이 결국 깨달음이라는 것을 이 자리에서 또다시 분명하게 밝혀 드립니다. **사람은 기본적으로 보고 듣고 느끼고 알고 생각하고 분별하는 능력들을 처음부터 갖추고 있었다는 뜻입니다.**

이것을 좀 더 알기 쉽게 표현해 보면, **우리는 이 몸과 마음을 이용해서 모든 것들을 어느 정도 인식하고 판단하며 감각하고 스스로 창조 혹은 파괴하는 지혜의 능력을 애초부터 다 갖고 있었다는 것이지요.** 바로 진리 그 자체라 이것입니다.

그런데 그동안에 사람들은 이런 사실을 전혀 모른 채, 어떤 수련·수행을 통해서만이 깨달음을 성취하는 것이라 생각하고 말들 하고 있었습니다. 물론 그렇게 해서 깨달을 수도 있습니다.

〈사람은 본래 완전함〉

솔직히 처음 듣는 말은 분명히 아닐 것입니다. 그런데

이것은 앎입니다. 앎이었기 때문에 그동안 크게 생각지 않고 그냥 넘겨 버렸던 것이 아닐까요?

이런 앎은 아무런 소용이 없습니다.

되어야 합니다. 가장 중요한 핵심은 '되는 것'입니다.

부처님 당시에도 부처님께서는 직접 제자들에게 설법과 이해로써 제자들 역시 직접 깨달은 것 못지않게 큰 믿음으로 받아들였기에 쉽게 아라한과에 들 정도의 깨어남을 보여 주셨던 것이 아닐까요?

문제는 **믿음의 확신**입니다. 믿음의 확신이 얼마나 중요한지는 여러분들이 더 잘 아시리라 봅니다.

위에서 설명한 지혜의 능력! 이것이 곧 '앎' 아닙니까?

깨닫는다 해서, 뭐 거창한 것이나

새로운 것들을 발견하는 것이 결코 아닙니다.

내가 본래부터 가지고 있었으나

그동안 그런 사실도 전혀 모르고 있던 것들,

내가 바로 진리 그 자체였음을 알 수 있는 것과 같이

지혜의 앎은, 있는 그대로를 더함이나

보탬 없이 똑바로 보는 것이지요.

필자는 기존의 깨달음을 대부분 자기만의 확신으로 보고 있습니다.

필자도 예전에 법신불이라는 상에 매여 한 3년 넘게 단단히 고생한 적이 있었습니다. 법신불 자리를 깨치고 '법신불이 내 본래이다'를 주야장천 외치면서, 보는 사람마다 법신불이 되지 않고선 이 아상에서 절대로 벗어날 수가 없다며, 법신불 타령을 엄청나게 하고 다녔던 기억이 납니다.

체험 · 체득 · 증득이 또 하나의 착을 만들어, 수련 · 수행자들의 발목을 꽉 잡고 놓아주질 않습니다.

나 자신 스스로가 본래 법신불 그 자체였음을 늦게나마 알았던 것이지요. 이것이 곧 '앎'입니다. 그것을 있는 그대로 똑바로 보지 못하고 그런 사실을 전혀 모르기 때문에 중생이 법신불이 되니 얼마나 기쁘고 좋았겠습니까?

완전하게 깨달았다고 푹 빠져 버립니다. 행은 전혀 안 나오고 시간이 흘러 결국엔 다시 '나'로 돌아옵니다.

지금도 이와 비슷한 것들에 빠져 "나는 깨달았네!"를 외치는 사람들이 우리 주위에 많습니다. 어떤 분은 허공자리 목전(目前)을 잡고 그 자리가 곧 본래 변하지 않는 영원불멸의 자리라 말하기도 합니다.

이렇듯 깨달음을 허공성이니 불가사의 신비로운 용어와 표현으로 몰고 가는 게 문제라 필자는 보고 있습니다.

사람들은 명상·선정으로 깨달음을 이루었다고들 말들 하는데, 사실은 명상·선정에서 깨달음을 이룬 것이 아닙니다. 깨달으려 명상·선정에 깊이 빠졌다가 그것이 생각 속임을 알고 그 생각을 완전하게 다 놓는 순간, 깨어 있는 의식으로 본래임을 압니다.

결국 깨달음을 이루려고 온갖 수련·수행·명상·선정·반야 등을 행위했던 **이 자체가** 바로 완전한 그 자체였음을 알게 된 것이라 필자는 감히 말씀드립니다.

있는 그대로의 실존·현존·자존하는 그것만이 진실이고 진리이며 그것을 인정하는 확고함이야말로 필자 스스로가 확신하는 깨어남입니다.

결국 깨달음은 사람들의 평범한 삶 속에 있는 것이지,
삶을 벗어난 상상 생각 속에 혹은
어디 별도로 있는 것이 결코 절대로 아닙니다.
상상하고 생각하는 그 자(者)가 참진리입니다.

상상 생각 속에서 일어나는 일들은 모두가 다 망상이고 거짓인데, 그것을 진실로 보고 믿고 있으니 깨달음이 정말로 힘들 수밖에요.

그럼 깨어남에 대한 필자의 견해를 말씀드리겠습니다. 기존의 깨달음은 평범한 사람인 인간으로 왔으니 깨달아 '신'이 되어야 함을 강조하지만, 필자의 깨어남은 그와는 반대로 〈사람은 본래 완전한 존재〉로 왔으니 '신'의 삶만을 살라는 점을 강조합니다.

이렇게만 본다면 완전하게 상이한 것 같지만, 꼭 그렇게만 볼 부분은 아닙니다. 앞에서 말씀드린 대로, 기존의 깨달음은 일반 대중들이 깨닫기엔 너무 많은 어려움이 뒤따릅니다.

또한 결정적인 부분이, 깨닫기 전까진 자신 스스로를 중생이나 신의 피조물로 여기고 삶을 살아가야 하는데 그런 마음을 갖고 사는 삶이 얼마나 힘들고 어렵겠습니까?

깨닫지 못하면 윤회의 사슬에서 벗어나지 못한다는 관념까지 갖게 됩니다. 가장 큰 문제점이 '사람'과 '신'을 완전 별개로 보고 있다는 것입니다.

사람이 '본래'이고 '신'이며 삶에서의 모든 근원 주체가 결국 사람입니다.

그럼 깨어남은 무엇입니까? 한마디로 '의식전환'으로 '무아'입니다. 처음부터 〈사람은 본래 완전한 존재〉임을 스스로 인정하고, '의식전환'을 통해서 '신'의 삶을 살아가는 것으로서 '신'이 되는 것입니다. 깨달음과는 상관없이 완전한 그 자체이므로 꾸준한 자각만 하면 됩니다.

이렇게 글과 언어로만 보고 들어 보면, 깨어남이 아주 쉽고 편해 보여 별것 아니게 생각하실지는 모르지만, 인간의 마음은 그렇질 않습니다.

우선 기존의 깨달음에 영향을 받아서인지는 모르지만 믿지를 못합니다. 첫째 결코 절대로 믿으려 들지를 않고, 둘째 그렇게 해서 깨달으면 깨닫지 못할 사람이 어디 있냐고 하며, 셋째 내가 없는 '무아'가 정말 가능한 일이냐 하고, 넷째 늙고 병들고 죽는 것이 어떻게 완전함이냐는 둥 너무 많은 질타를 보냅니다. 또 '신'의 위대함, 삶에서의 깨달음에 대한 필연 · 당연성만을 주장합니다.

그런 여러 각고 끝에 3년이 지나서야 이 책의 출간을 결정하게 된 것입니다.

'깨어남'이, 기존의 깨달음에 그렇게 크게 영향을 줄 정도로 사실이 그럴까 싶습니다.

자신의 사고(思考)를 역발상적으로 전환해서 삶을 한번 살아 보세요. 분명히 자신의 삶이 완전하게 달라짐을 느낄 수 있을 겁니다.

스스로가 '신' 그 자체임을 인정 · 수용하고
'신'의 삶을 살아 보십시오.
신이 된다는 것, 결코 쉬운 일만은 아닙니다만
〈사람은 본래 완전한 존재〉임을 확신하는 삶!
정말로 '신'이 됩니다.

그동안 이런 삶을 한 번도 살아 보지 않아서 믿음이 안 가겠지만, 중생의 삶에서 '신'의 삶으로 한번 살아 보세요. 정말 달라집니다.

이쯤에서 한 가지 묻겠습니다.

"부처님이 인간입니까, 신입니까?"

아마 대다수 '신'이라 대답할 것입니다. 여기서 '신'과 '인간'의 개념을 한번 확실하게 짚고 넘어가 봅시다.

신과 인간

———

이 문제에 앞서 신의 존재 유무가 상당히 중요한 사항입니다.

과연 신이 있을까요, 없을까요? 【있다】【없다】라는 답변을 한 사람은 어디에 근거를 두고 【있다】【없다】라고 말씀하십니까?

솔직히 이 문제는 인간의 사고(思考)개념으로는 결코 절대로 풀 수 없습니다. 그 이유는 차원 자체가 다르기 때문이지요.

신의 차원과 인간의 차원!

간단히 인간은 자기중심적인 차원, 즉 '나'를 가지고 있으나, 신은 '나'가 없이, 오로지 전체적인 차원만을 갖고 있습니다.

그렇다면 신의 존재 여부를 잠시 벗어나, 인간이 생각하는 신에 대한 개념을 한번 정리해 보기로 합시다.

인간이 생각하는 신이란?

그 첫째가, 완전함입니다. 신은 무슨 일에나, 또한 어느 것에나, 일체전체 모든 것에 다 완전해야 한다는 생각입니다. 완전하다는 것은 전지전능하다는 뜻도 되지요.

그 둘째가, 대자유입니다. 신은 일체전체 그 어디에도 걸림이 없이 대자유해야 한다고 생각합니다. 자유자재의 뜻도 되지요.

그 셋째가, 무한입니다. 신은 능력이나 모든 면에서, 다 무한해야 한다고 생각합니다. 이 무한 속에는 창조도 포함되어 있습니다. 무한하다는 것은, 무엇이든 다 할 수 있고 될 수 있다는 무한가능성의 뜻이기도 하지요

그러나 인간은 위 세 가지를 갖추지 못하고 있다고 스스로 인정합니다. 그래서 신이 아니고 인간이라 부르는 것이지요. 여기서 한 가지 매우 중요한 부분이 있습니다.

인간이 생각하는 신의 개념에서

〈완전함!〉〈대자유!〉〈무한!〉

이것은 겉으론 드러나지 않은

〈마음〉으로만이 느끼고 감지할 수 있는,

한마디로 【마음 작용】입니다.

완전함을 봅시다. 완전함은 그 누구도 알 수 없고, 오직 완전함을 갖춘 본인 스스로만이 알 수 있습니다. 내가 완전한지 혹은 불완전한지는 오로지 자신만이 알 수 있는 상태입니다.

대자유 역시도 마찬가지입니다. 자유 그것 또한 스스로만이 느끼고 감지할 수 있는 【마음 작용】입니다.

무한 역시도 똑같습니다. 오로지, 그것들을 갖춘 본인 스스로만이 알 수 있고, 감지할 수 있습니다.

이 말은 곧 완전하고, 대자유하고, 무한한 것도, 자기 자신의 마음으로만이 느끼고 감지할 수 있지, 자기 자신을 벗어난 상대 혹은 제3자 그 외에 다른 그 어떤 것에서도, 느끼고 감지할 수는 없다는 말입니다.

일례로, 여기 완전함을, 대자유함을, 무한함을 갖춘 사람이 있다 가정해 봅시다.

그가 완전함을, 대자유함을, 무한함을 갖춘 사람인지 아닌지는, 누가 어떻게 어떤 방법으로 알아볼 수 있습니까?

이렇게 말씀드리니 예수님의 신비·기적·초능력을 말하는 분이 계시는데, 독자님들 스스로가 예수님과 같이 자기 자신의 모든 것을, 오로지 하나님 그분의 뜻에 따라 다 바칠 수 있는 그런 확고한 믿음이 있으시다면, 충분히 가능하다 봅니다.

참으로 자신의 십자가를 지고 하나님과 일치, 즉 하나를 이룰 수만 있다면 그보다 더한 능력도 분명히 나올 수 있습니다. 결국 신의 완전함, 대자유함, 무한함은 내가 그 자체가 되지 않고선 알 수도, 느낄 수도, 감지할 수도 없습니다.

이렇게 보니까 완전함, 대자유, 무한도,

결국 나만 알고, 나만 느끼고,

나만 감지할 수 있습니다.

이 말은 내가 있어 신도 있다는 말로서,

내가 곧 인간이면서, 그것들을 갖춘

신도 될 수 있다는 말 아닙니까?

이 말을 바꾸어 보면, 결국 신도, 나를 벗어나서는 있을 수가 없다는 말과 다름없습니다. 그렇다면 내가 바로 인간이면서, 신이 될 수 있다는 말인데, 사실 인간은 두 가지 측면을 다 겸비하고 있습니다.

신적인 측면! 인간적인 측면! 인간은 이 두 가지 측면을 다 가지고 있으면서도, 정작 자신의 삶에서는 인간적인 측면만을 가지고 내는 삶을 살아가고 있습니다.

인간 최대의 문제점이 바로 이것입니다. 자신이 참으로 위대한 그 자체임을 정말 모릅니다.

그러기 때문에 외부에서 완전함을 찾고, 만들고, 그 완전함을 믿으며, 심지어는 그 완전함의 종속자로 전락되어, 그 완전함을 위해서라면 자신의 가장 귀중한 목숨까지도 서슴없이 바치는 신의 피조물이 되어서, 그 완전함을 높고 위대하게 포장하며, 그 완전함에게 구원과 영생을 기원하기까지 합니다.

참으로 아이러니하지 않습니까? 완전함으로 왔는데

〈'나'라고 하는 '아'〉를 갖게 되면서 인간이 됐습니다. 인간은 곧 신의 나타남, 즉 표출이고, 증거이며, 신의 축소판입니다.

〈여기서 인간을 개체로 표현하고, 신을 전체라 표현해 봅시다.〉

개체는 전체의 드러남입니다. 이 말은 전체 스스로는 자신을 결코 절대로 드러낼 수 없다는 뜻입니다.

그냥 상상으로라도 전체를 드러내 보십시오. 못 드러내고 안 드러내집니다. 왜냐하면 바로 〈상〉이 없기 때문입니다. 전체는 〈상〉이 없습니다. 없는 게 아니라 전체 스스로가 〈상〉으로 표현될 수 없다는 말입니다. 너무나 광범위하고 너무나 크기 때문입니다.

그렇다면 전체가 드러나려면? 바로 개체가 있어야 합니다. 개체가 있음으로써 전체를 표현할 수 있습니다. 명상에서는 이 전체를 우주라고도 표현합니다.

우주란 무엇입니까? 가장 알기 쉬운 표현으로 하늘이라 가정해 봅시다. 하늘! 이 개체가 육근을 통해 보고 느끼는 저 하늘! 이 개체를 통해서 하늘이 있음을 압니다.

이것이 바로 예수님께서 손수 지신 십자가의 의미로서 하나님이 계심을 증거 한 것이며, 개체는 전체를 대변하는, 아니 전체가 있음을 증합니다. 개체가 없다면 전체를 증할 방법이 없습니다.

바로 이와 같이 개체의 삶은 반드시 꼭 필요한데, 그 삶이 개체의 한계와 분별심에 묶여 있는 게 아주 큰 문제입니다.

그것을 푸는 자가 누구입니까? 바로 각자 개개인 스스로입니다. 각자 스스로가 풀어야 할 과제이지요.

'나'는 진공묘유인 동시에 풀어 보면 전체 개체입니다.

〈내가 있어 있다.〉

이 말의 참뜻인 동시에, 참으로 중요한 말입니다.

문제는 아는 것과, 되는 것입니다.

결국 신이 인간이고, 인간이 신입니다.

신과 인간은 동질입니다.

부처님도 신인 동시에 인간입니다. 바로 당신 스스로가 당신을 중생으로 못 깨달았다고 여기고 있을 뿐입니다.

제발 자기 자신을 중생이니 신의 피조물이니 생각하고 부르지 마세요. 그렇게 생각하고 부르기 때문에 거기에서 절대로 못 벗어나게 되는 것입니다. 이것이야말로 아주 주요 핵심 부분입니다.

당신은 완전합니다. 당신은 부처입니다.

중생과 부처를 누가 가릅니까?

당신 스스로가 가릅니다. 당신밖에 가를 사람이 없습니다.

나! 자신은 나 스스로가 정하고 개척해 나아갈 뿐입니다.

그 누군가가 대신해 주고, 가 줄 수가 없습니다.

그래서 내가 모든 것 그 자체입니다.

더하고 빼고 상상하지 말고 그냥 있는 그대로만 보십시오.

필자의 진정한 깨달음은?

【깨어남】입니다. 깨어남이 곧 【의식전환】입니다.

이 가장 중요한 의식전환을 본인 스스로가 안 하면서, 누구를 원망합니까? 종교를 누가 만들었습니까? 스스로 자존한다는 그 하나님도 결국은 누가 만들었습니까? 위에서 말씀드린 신과 악마를 누가 만들었습니까?

다 내가 만들었습니다. 거기에 빠져 헤매고 있는 자 또한 누구입니까? 다 당신 스스로입니다. 당신 스스로가 문제 덩어리입니다. 이것만 정확하게 알면 됩니다.

두렵다고요? 무엇이 두렵습니까? 신이 나를 벌하지나 않을까 두려우십니까? 왜 그런 관념들을 가지고 계십니까? 상상이나 꾸밈 영화에서나 나오는 이야기지, 신이 인간을 벌할 수 있다고 보십니까? 본인 스스로가 '신'인데 왜 '신'을 나와는 별개로 보고 있습니까?

이렇게 질문해 봅니다.

"당신의 삶에서 가장 무섭고 두려운 것은?"

바로 지금 당장, 지금 여기에서 당신의 목에 칼을 들이밀고 당신의 목숨을 끊으려 하는 자입니다. 이 이상 무섭고 두려운 자가 이 세상 어디에 있습니까?

다 **마음작용**입니다. 마음을 굳건하게 가지세요.

부처님께서는 정각을 이루시고도 배탈병으로 돌아가셨습니다. 그분이 능력이 안 되어서 혹은 '신'이 못 돼서 돌아가셨겠습니까? 앞에서 말씀드린 대로 병과 죽음은 재행무상의 한 법입니다.

"부처님의 법이 곧 부처이다."라는 성인의 위대함만을 내세우지 마시고, 있는 그대로의 실상을 한번 진솔하게 말씀해 보시지요.

이 필자는 깨달음을 【자기만의 확신, 자기만의 논리, 자기만의 긍정, 자기만의 합리화】로 보고 있습니다.

깨달음에 대한 필자만의 정의를 확실하게 내린다면?

사람은 본래 완전한데 그것을 드러내 놓아야 합니다.

그것이 【사람은 본래 완전한 존재】!

이렇게 정의를 짓습니다.

우리 모두는 이미 완전한 존재입니다.

시골 장터에 나물 한 묶음 팔러 나온 할머니도, 도심 한복판 지하철에서 동냥하는 사람도, 다 완전한 부처입니다.

단지 그 사실을 스스로가 모르기 때문에 정말 불쌍합니다. 막상 알려 줘도 절대로 믿고 인정하지 않기 때문에 더더욱 불쌍합니다.

많이 배운 교수님, 철학자, 심리학자, 종교인, 성직에 종사하는 사람들 역시도 불쌍하긴 매 마찬가지입니다.

그래도 이 사회의 귀감이 되는 분들로서 자신의 완전함을 전혀 인정하지 않고 '신'에 종속되어, 그분만을 믿고, 그분의 대변인으로, 깨달음만을 찾고 반드시 깨달아야 된다는 논리만을 내세우는 그것이 얼마나 불쌍합니까?

뭔가를 열심히 닦고 수련·수행하는 사람들도 불쌍합니다. 긴 시간 동안 깨달아 결국 〈사람은 본래 완전한 존재〉임을 아는 것이나, 그냥 듣고 알아 깨닫는 그 긴 시간 동안 '신'으로서 풍요로운 삶을 살다 열반에 드는 것이나, 결국 똑같지 않습니까? 여러분들 같으면 어느 길을 선택하시겠습니까?

깨달음이 아직까지 무엇인지도 모르는 출가자들도 불쌍합니다. 이미 당신은 완전한 그 자체라고 하면 콧방귀나 뀌면서 당신이나 열심히 하라 합니다. 그러니 깨닫지는 못하고, 윤회의 늪에 계속 빠져 고통의 삶만 살지요.

이미 깨어나 있음을 알면서도 무언가를 독자들께 알려줄 게 있다고 이렇게 불철주야 책을 쓰는 필자 같은 사람도 어이없이 불쌍합니다.

아니, 이렇게까지 입이 닳도록 말했는데도 내 말을 믿지 못하는 사람들이 사실은 이 세상에서 제일 불쌍한 사람들입니다.

깨달음 2

——

〈생로병사〉는 원래 깨달음의 대상이 아닙니다.

재행무상의 한 부분으로서 생명이 있는 모든 생명체는 태어나면 언젠가는 반드시 늙고 병들고 죽는 변화를 할 뿐입니다.

중요한 것은 〈생로병사〉를 하는 그 주체인 〈내〉가 깨달음의 대상으로서 〈나〉에게서의 벗어남이 곧 깨달음이고 윤회에서의 해탈이라는 점입니다. 이 단원에서는 깨달음에 대한 필자만의 소신을 말씀드려 볼까 합니다.

우선 사람이 깨닫는 목적을

필자는 본래의 자리로 회귀하기 위해서라고 봅니다.

내적인 종교에서는 윤회를 아주 깊이 있게 다루고 있습니다.

현 삶에서 깨닫지 못하면 윤회의 수레바퀴에 걸려 끝없는 생사윤회를 거듭한다는 사상인데, 깨달음과 아주 밀접한 관계를 갖고 있습니다.

필자는 깨닫는 목적을 윤회에서 벗어나
열반에 드는 것으로, 곧 열반에 든다는 뜻은
윤회에서의 해탈과 영원한 '신'이 되는 것이라 봅니다.
'신'이 되는 것이 본래로 회귀하는 길이기 때문입니다.
모든 종교가 지향하는 것이 결국 '신'과의 일치를
이루는 것으로서 본래의 자리로 드는 것입니다.

갓 태어난 아이의 드러난 모습은 사람이지만 '나'라고 하는 '아'의 의식을 갖기 전까진 '무아'로서 내가 없습니다.

이후 한계와 분별심이 심어지면서 나를 의식하게 됨과 동시, 인간인 '내'가 생겨나고 '너'가 생겨납니다. 이것이 바로 생각에 의해서이다, 라고 필자는 말씀드립니다.

명상·선정 상태를 가만히 들여다보세요.

엄밀히 말해 생각이 아닙니까?

깊은 생각에 몰입하는 것, 그 생각 속에서 마음으로, 모든 것들이 무(無)에서 유(有)로 모습을 드러내는 것이 삶이 아닐까요?

결론적으로 삶은 생각으로 만들어진 가상현실 세계입니다. 삼라만상 일체전체 모든 것들 역시도 다 생각으로서, 내가 있어 너가 생겨나고, 과거·현재·미래·시·공간이 한꺼번에 내 안에 다 있습니다. 서로 다른 시·공간이기에 비슷할 수는 있어도 똑같은 것은 전혀 없습니다.

그러기 때문에 실체가 없고, 진실을 찾아낼 수가 없어, 숱한 의문·의심들만이 난무하고, 그러면서 가상현실 세계인 자신의 삶 속에서 또 다른 깨달음을 찾고 있는, 그야말로 전도몽상하고 있습니다.

가장 급한 현재 자신의 삶인 윤회의 삶에서 벗어나는 게 최우선인데도, 그 윤회의 삶 속에서 새로운 깨달음을 찾고 있다는 것, 참으로 어처구니없는 삶을 살아가고 있습니다.

인간은 자신의 삶 속에서 삶에 이미 깊이 세뇌가 되어 있어, 그 삶을 놓지 못하고 그 삶을 다시 찾아 들어갑니다.

그것을 윤회라고 합니다.

그 윤회의 삶까지 친다면 엄청난 세월 동안 오로지 삶 속에서만 파묻혀 있어서 속된 표현으로 본래의 자리를 잃어버려 망각하고 찾아 들어가지를 못하며 헤매는 상태가 되어 버렸습니다. 그 사실을 본인 스스로는 전혀 모르고 있다는 것, 참으로 안타깝지요.

회귀하기 위해 삶에서 하는 모든 행위를
총칭해서 깨달음의 과정이라 할 수 있는데,
그 행위는 오직 사람들의 삶 속에서만 이루어집니다.
그래서 사람들의 삶 속에
모든 진실이 다 있다고 말씀드렸던 것입니다.

사람들의 삶은 그냥 저절로 생겨나지 않았습니다.
분명하게 삶을 통해서 사람들 스스로에게 무언가를 암시해 주고 있다고 필자는 보고 있습니다.
사람들의 삶 속에서 벌어지는 모든 일들, 사용하는 언어와 문자 속에 진실이 다 내재되어 있습니다.
사실 이 삶에 오고 가는 것이 아니라 원래부터 본래 그

자리에 있었는데, 사람은 본래에서 와서 삶을 살다가 본
래로 다시 돌아가는 것이라 믿습니다. 그래서 죽은 사람을
돌아가셨다고 표현하는지도 모르지요.

이 모두가 다 '의식전환'에서 이루어지는 것임을, 오고
가는 것이 의식전환이고 본래에서 와서 본래로 다시 돌아
가는 것 역시도 의식전환입니다.

이것을 우리들의 삶과 연관시켜 봅시다. 어린 갓난아이
가 이 삶에 첫 모습을 드러내는 것이 탄생입니다. 그때는
'나'라고 하는 '아'의 의식이 전혀 없는 '무아'의 상태였다는
것이죠.

결국 깨달음, 깨어남은?

'나'라고 하는 '아'의 의식을 갖고 삶을 살았던,

삶에 세뇌되어 있는 나에게서 벗어나

본래로 회귀하는 것, 즉 '의식전환'이

깨어남이라고 필자는 결론을 짓습니다.

본래로 회귀하기 위해서는

그 첫째가 '무아'가 되어야 하고,

그 둘째가 삶에서의 모든 의식 활동을

다 놓는 '의식전환'이 필요합니다.

부처님께서는 왜 세속의 삶을 받아들이지 않으시고 등지면서, 깊은 산사에 평생을 탁발로써 오직 중생 구제에만 앞장서셨을까요? 물론 당시의 어려운 상황도 있지만 필자는 나와 세속에서 벗어나기 위한 방편이라 봅니다.

세속의 삶에서는 세속의 삶에 세뇌될 수밖에 없습니다. 윤회가 바로 세속의 삶에 대표적인 세뇌된 상태입니다. 그런데 가상현실 속에 깊이 빠지고 세뇌되다 보니 모든 것들이 가상이 아닌 현실 실상으로 보이면서 윤회니 사후니 영생이니 천상 등등이 나오고 종교가 등장하게 됩니다.

허상이 실상이 되는 참으로 어처구니없는 일들이 발생되면서 그것이 가상세계의 실상으로 굳어지고 삶을 완전하게 뒤바꾸는, 전도몽상이 되어 버린 게 지금의 인간 삶이라 봅니다.

그러다 보니 마음의 강한 힘이 작용하면서 사후 윤회 속에 빠져 거기에서 벗어나기 위해 새로운 가상세계의 깨달음이 곧 지금의 깨달음입니다. 한마디로 가상세계에서 영생하는 마음을 갖는 것을 깨달음으로 보고 있고, 거기에 빠져 자신의 모든 것을 믿고 바치는 삶을 살아가고 있습니다.

내적인 종교는 믿음의 종교가 아닙니다.
실천적인 깨달음의 종교입니다.
본래의 자리는 인간의 의식, 몸·마음을 가지고 논할 자리가 분명히 아니라고 필자는 보고 있습니다. 갓 태어난 어린아이, 비록 무형의 몸이 유형으로 드러났지만 무형의 몸이 본래입니다.

부처님께서 말씀하신 열반의 자리 적멸의 자리, 그 자리는 인간의 의식으로 찾아 들어가는 그런 자리가 아닙니다. 오직 '무아'만이 드는 자리인데, 그 자리를 인간의 법으로 말하고 해석하고 상상하는 것을 필자는 이해할 수 없습니다.

필자의 최종적인 결론은?
이 가상현실 세계에서 깨달음을 찾고 구하는 것은 모두가 다 모래로 성을 쌓는 모래성에 불과하다는 것이지요.
잃어버린 본래를 찾기 위해서는 〈사람은 본래 완전한 존재〉임을 스스로 확신하기만 하면 됩니다. 스스로가 완전한 존재임을 확신하지 않으면 결코 절대로 본래로 임할 수가 정말 없습니다.

본래로 임하지 못하면 방황하면서 삶을 계속해서 쫓아다니게 되는데, 그것이 바로 윤회입니다. 윤회에서 결코 벗어날 수가 없습니다.

〈사람은 본래 완전한 존재〉임을

확신하는 것이 가장 급선무입니다.

그러기 위해선 '무아'가 반드시 되어야만 합니다.

〈사람은 본래 완전한 존재〉라는 말은

본래 그 자체라는 말로, 태어나기 이전,

내가 온 자리, 삶에서 다시 드는 자리를 의미합니다.

그 자리로 다시 들기 위해 우리는

이 삶에서 깨어나야 하는 것이고,

그 깨어남은 결국 본래로 회귀하는 자리인 것입니다.

기존의 깨달음은 인간이 만든 그들만의 깨달음입니다. 깨닫는 게 아니라 깨어나야 합니다.

깨달음이 왜 쉽습니까? 사람은 본래부터 완전한 그 자체이기 때문입니다.

자기 자신에 대해서 솔직하게 얘기해 봅시다.

당신 스스로는 자신의 완전함에 대해 무엇이 그렇게 부족하다 보십니까?

어떤 점에서 완전하지 못하다고 스스로 단정 짓고 계십니까?

누가 당신을 완전하지 않다고, 더 공부해야 한다고 하고 있습니까?

완전하고 깨닫는 데는 잘나고 못 나고, 배우고 못 배우고, 잘살고 못살고, 알고 모르고, 병들고 늙는 것과도 전혀 상관이 없습니다. 바로 내가, '나' 스스로가, 나를 아직 부족하다고, 더 깨달아야 한다고, 단정 짓고 있을 뿐입니다.

【자칭 타칭 깨달으셨다는 분!

법과 경에는 최고의 경지를 가지고 있을 진 몰라도, 이 삶에서는 '나'를 결코 따라오진 못합니다. 이 두 분들 모두 다 이 삶에서는 반드시 꼭 필요한 완전한 분들입니다.】

보고, 듣고, 느끼고, 알고, 생각하고, 분별하는 그 능력이 보통 능력입니까? 그 능력을 가지고 최첨단의 과학을 만들어 냅니다.

얼마나 위대합니까? 얼마나 완전합니까?

부처님께서는 6년간 죽음 일보 직전까지 가는 고행만 하셨습니다. 나중엔 선정과 반야, 몸의 고행만으로는 결코 절대로 깨달을 수 없음을 손수 체험하시면서, 마음을 새롭게 가다듬으시고 보리수나무 아래서 7일 만에 정각을 이루셨습니다.

그렇다면 7일간 무엇을 행하셨겠습니까? 가르치는 스승도 없이, 어떤 정해진 수련·수행도 없이, 오로지 일념의 한 생각에 몰입하면서 상상 속의 신비로움, 유혹, 협박 등등 마음의 시달림도 받으면서 7일 만에 대각을 이루셨습니다.

예수님께서는 3일 만에 부활하셨습니다. 3일 만에 부활하셨기 때문에, 기독교가, 지구상에 있는 모든 종교 가운데 으뜸의 종교가 된 것입니다.

부활이 무엇입니까? 거듭남 아닙니까?

내가 내 자신이 완전한 그 자체임을 몰랐을 때는 한갓 중생·인간이었지만,【내 완전함을 알고 되었을 때는 중생·인간이 아닌 스스로가 부처이고 예수임을 알게 된 것입니다.】

이것이 곧 거듭남입니다. 독자님들은 완전한 그 자체입니다. 완전함은 모든 것들에 다 능통해야 한다고 생각들을 하는데, 이 세상에 그런 사람은 단 한 사람도 없습니다.

부처님·예수님·공자님과 같은 모든 성인들도, 깨달음이나 법·경전·도덕사상 부분에서만이 능통하지, 다른 부분은 전혀 모를 수도 있습니다. 즉, 자기 분야가 아닌 것에는 단 하나도 모르는 경우가 대부분입니다. 이를 가지고 자신의 완전함을 저울질해서는 안 됩니다.

깊은 잠에서 깨나면 의식이 발동하면서 내가 생겨나고,
내가 있어 삼라만상 일체전체가 모습을 드러냅니다.
만일 그 깊은 잠에서 깨나지 않으면 스스로를 포함한
삼라만상 일체전체 모든 것들도 다 깨나지 못합니다.

개체인 내가 없으면 그런 모든 것들도, 삼라만상 일체전체도 다 없습니다. 내가 이 삶의 주체입니다.

깨달음의 최종적인 결론은?

내가 부처임을 아는 게 아니라, 내가 부처 그 자체가 되는 것입니다. 즉, 깨어남입니다. 이것이 어렵다면 정말 어렵습니다. 그러나 필자의 말만을 따라오십시오. 그냥 자연스럽게 됩니다.

세뇌

———

사람은 제일 먼저 '나'에 세뇌되어 있고, 그다음에 깨달음과 삶에 완전하게 세뇌되어 있습니다.

그 대표적인 것들이 '나'라고 하는 '아' '한계'와 '분별심', 즉 해야 한다, 돼야 한다 등등으로, 이 때문에 인간 개체가 되어 버렸습니다. 어떻게 태어났든, 갓난아이 때 어떤 상태로 있었든, 그 누구에 의해서든, 결국엔 인간 개체로 세뇌되어, 그때부터 인간 개체로서의 삶을 살아갑니다.

이미 인간은 태어나 이 삶을 살면서, 본인의 의지와는 전혀 상관없이 자기만의 한계(인간 개체)를 갖게 되고, 분별하는 마음(인간 개체 마음)만을 내게 되어 버렸습니다. 이건 인간으로 태어난 이상 피할 수 없는 필연 그 자체입니다. 이것은 부처님도, 모든 성인들도 다 마찬가지였습니다.

한계와 분별하는 마음을 시발로, '나'라고 하는 인간 개체가 자리를 잡으며, 그때부터 인간의 삶을 살아가기 시작합니다.

삶 역시도 인간 개체들이 만든 것이고, 그래서 인간 개체 스스로가 살아갈 수 있도록 그렇게 구성되어 있으며, 또한 그 구성원이 법과 질서를 만들고 꾸며서 그대로 삶을 영위하고 있습니다.

그건 본인 스스로가 원하고 원치 않고를 벗어나 있으며, 그런 한계와 분별하는 마음을 지어 준 어머니 역시도 본인 스스로가 알지 못하고 저지른 필연과 같은 어쩔 수 없는 상황입니다.

그것이 바로 무명이 되고 원죄가 됩니다. 이렇게 본다면, 무명과 원죄는 인간으로 태어난 이상, 그 누구든지 다 겪고 받아야 할 필연 조건이라 할 수 있습니다.

그래서 〈인간은 태어나자마자 깔깔거리며 웃는 게 아니라, 울음으로서 만방에 '고'하는지도 모르지요.〉

출생한 아기의 첫울음의 의미!

이것이 무엇을 뜻하는 걸까요?

인간 삶이 왜 고통스러운가요?

한계와 분별심이 곧 '나'라고 하는

인간 개체의 '아'에 매이는 결과를 가져오고,

이것이 바로 무명과 원죄의 요인이 됩니다.

무명과 원죄의 가장 큰 어려움, 아니 두려움이 무엇인 줄 아시지요?

삶에서 열심히 최선을 다한 결과가 결국엔 죽음이라는 피할 수 없는 상황에 도달하는 것, 즉 끝없는 윤회의 수레바퀴에 계속해서 걸려드는 것입니다.

사람들이 흔히 말하는 이 이상의 고통(괴로움)이 어디 있습니까? 인간 삶은 결론적으로 윤회의 생·로·병·사에 묶이는 고통의 삶입니다.

속된 말로 이제 어깨 좀 펴고 여행도 다니면서 남은 삶을 한번 만끽해 보려 하면 온몸을 제대로 가눌 수 없이 바짝 늙어 있고, 이제 살 만하고 그간에 못다 한 사회봉사도 할 겸 무언가 하려 하면 병마에 시달려 옴짝달싹도

못하고,

이제 좀 편히 쉬면서 종교에 단체에 들어 나를 정화시켜 보려 하면 죽음이 기다리고 있습니다.

모두 다 자기 핑계, 자기변명이라 여기실지 모르지만, 이게 인간의 자기 푸념적인 삶입니다.

또한 삶에서의 모든 것들이 바로 인간 개체의 나를 더욱더 깊이 세뇌시키고 몰입시키고 있습니다.

개체의 '아', 나와 너의 분별, 집착(욕망), 경쟁, 종교, 신, 선과 악, 이런 것들을 태어나면서 원래부터 가지고 태어난 게 아니라, 삶을 통해서, 교육을 통해서 알았다는 것입니다.

이 말은 결국, 인간은 태어나서 좋게는 삶과 교육을 통해 모든 것을 알게 되었고, 자신의 의지와는 전혀 상관없이 주입교육에 의해 위의 모든 것들을 다 알게 되고 가지게 되었다는 것입니다. 주입교육이 곧 세뇌입니다.

세뇌에 의해 인간 개체인 내(박 아무개)가 만들어지고,

세뇌에 의한 한계와 분별하는 마음을 갖게 되고,

세뇌에 의한 종교, 세뇌에 의한 신, 세뇌에 의한 선과 악,

세뇌에 의한 인간 개체의 삶을 살아가고 있습니다.

삶 자체가 앞장에서도 설명하였듯, 한계와 분별심으로 형성되어 있습니다. 그러기 때문에 왜 태어나는지, 왜 사는지도 모르고 그냥 삶을 살아가고 있는 것입니다. 마치 삶에 휩쓸려가듯, 인간 개체도 본인 스스로가 만든 것이 아니라, 세뇌에 의해 만들어진 것입니다. 만일 우리가 종교, 신, 깨달음이라는 단어나 말이 애초부터 없었다면 인간의 삶이 어떻게 변했을까요?

세뇌!

인간에게 있어선 모든 것들을 완전 뒤바꾸어 놓는 결과를 초래하는 아주 중요한 단어임을 분명히 아셔야 합니다.

인간은 세뇌에 의하여 자신의 본래를 망각한 채, 인간의 삶에 끌려다니고 있습니다. 세뇌가 인간에 끼치는 그 영향력이 얼마나 크고, 무섭고, 대단한지를 알려 드려, 더 이상 세뇌에 들지 않고 인간 본연의 자리로 회귀할 수 있도록 도움을 드리려 하는데, 그러려면 2부를 주의 깊게 보아

야 합니다. 그 속에 지금까지 풀지 못했던 삶의 모든 진실이 다 있습니다. 깊이 유념해 주시길 당부드립니다.

진정한 거듭남

—

1부의 핵심이 【깨달음】입니다.

필자는 기존의 깨달음에서 가장 중요시 여기는 부분을 〈행〉으로 봅니다.

자칭 타칭 깨달음을 이룬 사람들의 〈행〉을 한번 주의 깊게 보십시오. 법에는 참으로 능통한데, 하는 행위는 인간의 행을 못 벗어나고 있습니다.

말은 참으로 그럴싸한데 〈행〉이 안 나온다는 것은 무엇을 의미할까요? 깨달음의 원뜻대로 앎에만 치우쳐 있다, 이것 아닙니까?

앞서 누차 말씀드렸지만 앎은 아무런 소용이 없습니다. 되어야 합니다. 되는 것이 곧 〈행〉입니다. 인간은 〈행〉을 물질적 정신적 보시나 기부 등등으로만 알고 있어 그렇게 하는 것만이 다 했다고 여기고 있고 또한 자신의 깨달음을 많은 사람들에게 전도하는 것은 참으로 당연한 것인데, 전도 과정이 어떠한지는 이 자리에서 굳이 표현하지 않겠습니다.

필자가 본서에서 말하는 〈행〉은 무아(無我)를 의미하는 것으로서 나 없음의 삶을 참으로 중요시 여기고 있습니다.

〈사람은 본래 완전한 존재〉이기 때문에
그 무엇을 해야 할 필요가 전혀 없습니다.
인간 개체인 이 '나'를 완전하게 벗어 버리고
'신'으로 의식전환을 하여 그냥
주어진 삶을 사시기만 하면 됩니다.
그 삶이 곧 '신'의 삶입니다.

여기서 참으로 중요하다면 '나'를 완전하게 버리는 것인데, 이 또한 아주 쉽습니다. 너무 쉽기 때문에 사람들은 믿지를 못합니다. "깨달음이 그렇게 쉬울 리가 없다."는 생각에 빠져 엉뚱한 말들을 합니다.

참으로 답답한데 기존의 깨달음이 얼마나 힘들고 어려웠으면, 이런 말을 할까 하는 생각도 해 보지만, 헛일 삼아 한번 해 봄직도 한데…. 그것까지도 마음이 허락하질 않는 것 같습니다.

이 사실은 【믿는 자들만이 믿는 진정한 거듭남입니다.】

그렇다면 이런 아주 중요한 사실이 그동안에 왜 밝혀지지 않고 있었을까요?

분명 이러한 의문이 들 것입니다. 앞서 이미 말씀드렸듯이 부처님 당시의 시대적인 상황이 워낙 어렵고 힘들지 않았나 하는 것이 필자의 개인적인 소신입니다.

힌두교의 '참나', 즉 아트만 사상이 워낙 크게 대세를 이루고 있는데, 거기에 신흥종교인 불교, 부처님의 '무아' 사상이 감히 엄두라도 낼 수 있었겠나 싶습니다. 그래서 따르는 제자들과 함께 깊은 산중 이곳저곳으로 옮겨 다니는 탁발로써 중생 구제의 법을 펴셨지 않았나 보는 것이지요.

지금 현재도 마찬가지이지만 중동 문제가 결국 종교적 이념전쟁 아닙니까? '성전'이라는 미명 아래 가장 귀중한 자신의 목숨까지도 바칠 수 있는, 이것이 바로 종교적 이념·사상입니다.

자신을 중생으로 신의 피조물로 여기면서 오로지 깨달아야 한다는 논리만을 중점적으로 펴낸 종교가 바로 힌두교라 필자는 보고 있습니다.

우리들의 현 삶을 한번 보십시오.

깨달음과는 전혀 상관없이도 최첨단 과학과 문명이 하루가 멀다시피 발전하는 모든 상황들, 이걸 지금 누가 하고 있습니까? 본래 완전한 그 자체인 사람들이 행위하는 것입니다.

사람 본연의 순수함 있는 그대로, 즉 【있음】으로, 지금 여기 이 순간 현재에 실존·현존·자존하는 그 자체로서 주어진 삶만을 열심히 충실하게 '신'으로 사시면 됩니다.

이것이 2부에서 펼쳐질 내용들입니다.

2부

존재

지금부터 이 책의 주요 핵심인 '신' 그 자체가 되는 것에 대해 말씀드리겠습니다.

　전반부에서 진리는 아는 게 아니라 되는 것이라 했습니다. 되는 것이 곧 '신'입니다. 그러려면 제일 먼저 해야 할 부분으로, 지금부터 필자는 깨달음을 깨어남으로 표현하겠습니다.

　그 이유는 본인 스스로가 의식전환을 해서 깨어나야 하기 때문입니다. 이것이 곧 '신'이 되는 첫 번째 코스입니다. 사실 깨어남은 결국 '나'에게서 벗어남입니다.

　이 책의 첫 핵심 부분에서 말씀드렸듯 '나'와 '신'은 하나의 몸·마음에서는 절대로 공존할 수가 없습니다. 참으로 중요한 부분으로서 이 사실을 대부분 다 모르고 있었습니다.

　깨달아 '신'이 되었다는 그 부분만을 가지고 '신'의 행을 하려 하니 '신'의 행이 전혀 나오지를 못했던 것이지요. '신'이 되지 않고선 결코 절대로 이룰 수가 없는 것인데, 내가 아는 것만을 가지고 내가 완전하게 깨달았다고 착각을 하는 데에서 모든 문제가 발생되었습니다.

그래서 필자는 깨달음을 아는 것으로, 깨어남을 되는 것으로 말을 바꾸려 합니다. 지금부터는 '신'으로의 깨어남이 정말 있어야 합니다.

이 「존재」편에서는, 그동안 다른 어떤 것에서도 쉽게 다루지 않았던 부분들이 나오면서 당황하고 황당한 경우를 경험·체험할 수 있음을 미리 말씀드립니다.

한마디로 생소함에서 오는 표현 방식과 그동안의 몸과 마음에 익숙 되지 않은 새로운 자각 등등 어색한 부분이 많이 있으리라 보는데, 본래 신의 삶이 그러하므로 받아들여야 함을 분명히 합니다.

여러분 마음에는 별것 아니고 미비하게 보일 수도 있겠지만, 한편으론 그동안에 별로 대수롭지 않게 여겨졌던 사실들이 드러날 수도 있음을 기대해 보면서 이야기를 펼치겠습니다.

지금부터 여러분들은 완전한 '신' 그 자체입니다. '신' 그 자체임을 스스로 인정하고 수용 확신하며 2부를 맞이해 봅시다. 전반부에서 몇몇 단원의 주제를, 2부에서는 바꾸어야 할 부분이 있습니다.

내가 곧 모든 것의 주체 → 이 존재가 곧 모든 것의 주체

내가 있어 있다 → 이 존재가 있어 있다

이렇게 2부에서는 '나'를 '존재'로 바꾸어야 함을 분명히 말씀드립니다.

무아(無我)

—

우선 부처님의 '무아'에 대한 깊은 사상을, 필자의 임의적으로 해석·설명드리는 것에 대한 독자님들의 깊은 양해를 구하면서, 그동안 불교의 법에 의한 '무아'와는 약간의 차이가 있을 수 있다는 것, 참작하여 주시길 바랍니다.

부처님의 법인 〈고·집·멸·도〉 이 법을 간단하게 풀어보면?

〈모든 고통은 집착에서 오고 그 집착을 멸함이 도에 이른다.〉

여기에서만 보더라도 결국은 집착이 문제인데 그 집착은 어디에서 옵니까? 바로 그 집착을 내는 '나'에게서 옵니다. 간단히 내가 집착만 내지 않으면 고통 또한 없는 것이지요.

그렇다면 내가 이 삶에서 집착을 내지 않으려면 어떻게 해야 합니까?

'무아'에 대한 사전적 개념을 살펴보면 한문 표기상으로 없을 무(無), 나 아(我), 즉 〈내가 없다〉라는 뜻입니다. 삶에서의 모든 인과는 결국 '나'에게서 비롯되었음을 알 수 있었듯이, 내가 있음으로 인해서 모든 결과물들이 다 나옵니다.

우리가 깊은 잠에서 깨나면

그때부터 모든 일들이 발생되듯이,

잠에서 깨기 전까지는 아무런 일들이 발생되지 않습니다.

그때는 '나'라고 하는 '아'가 없기 때문입니다.

그 내가 전체로 있든 개체로 있든

모든 것들은 '나'로부터 시작됩니다.

내가 이 삶의 주체이고 주인공인데,

부처님께서는 '무아'를 주창하셨습니다.

【진리이고 삶의 주체인 내가 없다!】

부처님께서는 왜 '무아'를 강력하게 주창하신 걸까요? 그 이면에는 바로 '나', 내가 내 일거수일투족을 다 가리고 있음을 알았기 때문 아닐까요?

깨달음과는 전혀 상관없이 모든 고통(괴로움)의 시작이 곧 삶입니다. 삶에서의 모든 고통(괴로움)의 근본 원인이 바로 '나'입니다. 집착을 하는 내가 있어 모든 고통(괴로움)이 시작됩니다.

반대로 집착을 하는 내가 없으면 모든 고통(괴로움)이 일어나지를 않습니다. 그런 논리로 본다면 결국 깨달음은 나를 완전히 다 놓는, 즉 내가 없어지는, 사라지는 것입니다.

'무아'의 중요성은 결국 깨달음과 직결됩니다. 그래서 진정한 '무아'가 되는 것이 깨달음을 이루는 최선의 길입니다.

〈내가 없다〉라는 어원의 참뜻은 무엇일까요?

나를 의식하지 않는다는 뜻으로서, 내가 나를 의식함으로써 내가 생겨납니다. 이렇게만 본다면 나를 의식하지 않는 것이 '무아'의 참개념입니다.

1부의 「나!」 단원에 보면 갓난아이가 사람의 모습으로 드러날 때, 처음엔 '나'라고 하는 '아'를 전혀 의식하지 않은 '무아'의 상태였습니다.

후에 한계와 분별심이 심어지고 '나'라고 하는 '아'를 의식하면서 그때부터 내가 생겨났습니다.

결국 '무아'가 되려면 나를 의식하고 있는 이 '나'를 다 놓아야 하는데, 이 '나'를 놓는다는 게 말처럼 쉬운 일입니까? 결코 절대로 정말로 힘든 일입니다.

현생에서만도 몇십 년을, 게다가 윤회의 삶까지 친다면 이루 말로 표현할 수 없을 정도로 긴 세월 동안 '나'로 살아왔으니 그게 그리 쉬운 일만은 아닙니다.

'나'를 놓는 가장 빠른 방법은 과연 무엇일까요?

바로 한계와 분별심에서 벗어나는

본래의 본질인 '신'이 되어야 합니다.

'신'이 되기 위해선 제일 먼저 스스로

'신'임을 선포해야 하는데

'나', 즉 내가 다른 것으로 변환되는

의식전환을 이루는 것으로서,

그것이 〈사람은 본래 완전한 존재〉임을

만방에 '고'하는 일입니다.

지금까지의 '무아'는 무조건 인간 개체인 내가 죽어 없어

지고 사라지는 형체의 변형만을 중요시 여겨 왔다는 사실

입니다.

부처님께서 초기 6년간의 고행에 대해 참으로 죽음을 넘

나드는 고행이라 말씀하셨지만, 이런 고행만으로도 결코

절대로 깨달음에 이를 수 없다 하셨습니다. 그 정도로 내

가 사라지고 없어지는 것이 결코 쉬운 일만은 아닙니다.

무아!

'무아'가 되지 않고선 결코 절대로 깨달을 수가 없음을

진정으로 아시는 분들이 과연 몇 분이나 될까요?

그래서 무(無)에 빠졌다는 둥, 심지어는 '나' 내가 없는

깨달음이 무슨 깨달음이냐는 둥의 말이 나오면서 필자도

이런 핀잔을 참으로 많이 들어 왔습니다.

현재도 그저 말로만 내가 없어야 된다는 당연함만을 주

장하는 법으로만, 겨우 초기불교 부처님 사상의 명맥만 어

어 오는 수련 · 수행의 한 분야로만 취급되고 있습니다.

2000년도에는 이와 비슷한 수련 · 수행이 모 수련원에서 대 선풍을 일으키기도 하였습니다. 그 당시의 영향으로 초견성들을 이룬 도인들이 많이 나오긴 했는데, '무아'의 간접적인 영향만은 분명히 받았다고 봅니다.

사실 이 도법이 나오기 전까지는 초견성만 하는 것도 대단함으로 여겨져 왔을 정도로 당시에는 초견성도 정말 힘들다 했습니다. 이후로 너무나 많이 알려진 초견성 정도는 이제 기본으로 전락하고 말았습니다.

그러나 '무아'는 위와 같이 간접적인 영향만으로는 결코 절대로 안 됩니다. 필자도 당시 그 수련원의 공부 끝이라는 곳까지도 갔다 와 보았습니다.

작두법으로 목 없이 6개월간을 오로지 가슴으로만 생활해 보기도 했지요. 초견성은 이루었습니다.

정각

—

당시 인도에서는 힌두교가 크게 성행했고, 힌두교의 기본교리가 모든 고통의 근본 요소인 이 몸을 극도로 학대시키는 고행을 통해서 아트만인 '참나'로 거듭나는 것이 최대의 목표로 삼고 있었던 것으로 필자는 알고 있습니다.

고타마 싯다르타께서도 처음 6년간은 모진 고행으로 앙상한 가죽만 남는 죽음 일보 직전의 처참한 상태까지 가기에 이르렀습니다. 고타마 싯다르타께서는 이런 극도의 몸고행으로는 깨달음은커녕 살아남기조차도 힘듦을 몸소 체험하시고 고행을 중단하였습니다.

이후 잠깐 동안 선정과 반야의 수행을 끝까지 다 행하셨는데도 깨달음과는 전혀 상관없음을 아시고, 마지막으로 극도의 모든 행위를 다 멈추고 보리수나무 아래에 좌정하시며, 〈정각을 이루지 않는 한 결코 물러나지 않겠다는〉 죽음까지도 불사하는 굳은 결심으로 깊은 선정에 들어【7일 만에 정각】을 이루셨습니다.

여기서의 깊은 선정이 참으로 중요한데, 필자는 깊은 선정 속의 깨달음이 아닌 역발상적인 본래의 완전함에 깨어나지 않았나 감히 말씀드립니다.

몸의 고행으로는 결코 깨닫지를 못한다는 사실!

선정과 반야는 엄밀하게 인간의 한 생각에 불과하다는 사실!

이 2가지 명확한 사실을 분명하게 체험하고 알았다는 것입니다. 즉, 깨달음은 몸과 마음으로 깨닫는 게 아님을, 결국 수련과 수행으로는 결코 깨달음을 이룰 수 없음을 단적으로 말해 주는 것이 아닐까요?

이는 곧 【몸과 마음을 닦아서 깨닫는 게 아니라는 것】입니다. 이 말의 참뜻이 무엇이라 보십니까? 한번 깊이 새겨 보시길 바랍니다.

부처님께서는 수련 · 수행 등 그 무엇을 행위해서 깨닫

는 게 아님을 아시고, 7일간 보리수나무 아래서의 깊은 선정·침묵 속에서의 역발상적 깨어남을 이루셨지 않았나 보고 있습니다.

필자는 이 2가지 부분에 내재해 있는 깊은 뜻이 참으로 중요하다 봅니다.

비록 필자의 한 생각에 불과하지만 역발상적 깨어남!

이 필자는 이 부분을 명상·선정 속에서의 깨어남이 아닌 그걸 놓는 순간 그 짓을 하고 있는 그 자체가 내가 아닌 본래임에 깨어난 것이라 봅니다.

부처님의 무아!

—

이 단원은 순수한 필자의 개인적인 사견임을 분명히 밝힙니다.

부처님께서는 6년간의 고행을 참으로 잘못된 자신의 큰 시행착오로 받아들였던 것 같습니다.

부처님 출가 당시의 인도에는 힌두교가 성행했고, 힌두교의 종교관은 '가아'에서 벗어나 '진아', 즉 아트만인 '참나' 그 자체가 되는 것을 가장 큰 목표로 삼고 있었습니다.

사실 필자는 불교가 불교 본연의 순수함을 잊은 채, 힌두교의 교리가 우회적으로 휩쓸려 들어와, 수많은 법들이 그 이름만 바뀐 채 마치 불교 교리인 양 변형되어 불교의 법을 형성하고 있지 않았나 하는 의구심이 들 때가 참 많습니다.

그 대표적인 부분이 힌두교에서 주창하는 '참나'와 부처님의 '무아', 즉 나란 본시 없다는 사상입니다. 이는 필자가 임의적으로 말씀드리는 것은 결코 아닙니다.

초기불교에서는 '무아'를 크게 주창하셨다는 것.

【'참나'는 영원불멸,

'무아'는 그런 나는 본시 없다】

당시에 고타마 싯다르타 부처님께서는 힌두교의 '참나' 사상을 적극적으로 배척할 정도였었다고 합니다. 그렇다면 **힌두교에서 주창하는 영원불멸의 아트만인 '참나'의 사상이 진실일까요? 아니면 부처님께서 주창하신 '무아'의 사상이 진실일까요?**

필자 개인적인 사견을 솔직히 말씀드리면, 부처님께서는 '무아' 사상을 자신의 모든 법 중에서 가장 으뜸의 법으로 여기셨지 않았나 보고 있습니다.

초전법륜인 고집멸도의 사성제에서 '무아'의 사상을 직접적으로 드러내지 못했다는 것은 당시 힌두교의 '참나' 사상이 너무 막강했다 보는 것이지요.

신생 불교의 '무아' 사상이 감히 엄두도 못 냈을 것입니다. 아마도 당시에는 종교의 흥망이 걸려 있을 수도 있었겠지요.

세속의 삶을 등지고 깊은 산중에서 한곳에 머무름이 없이 오로지 탁발로써 평생 동안 중생 구제에만 심혈을 기울인 부처님의 당시 상황을 충분히 엿볼 수 있는 부분입니다.

필자는 부처님의 '무아' 사상이 참으로 대단한 사상이라 격찬하고 싶습니다. 그런데 당시 힌두교 '참나' 사상에 눌려 제대로 법다운 법 한번 못 펴 보고, 앞의 「무아」 단원에서 말씀드렸듯이 초전법륜인 고집멸도 속에 간접적으로만 '무아' 사상이 숨겨져 내려오면서 일반인들에겐 하나의 법으로만 남겨진 것이 아닐까 싶기도 합니다.

결국 부처님께서 세운 '무아' 사상은?

'나'라고 하는 '아'를 완전하게

다 내려놓기 위한 부처님의 아주 큰 법인데,

만일 부처님께서 '무아' 사상을 내놓지 않으셨다면

인간은 이루 말로 표현할 수 없을 정도로 엄청난 시련의 삶을 살아가고 있었을 것이라 필자는 단언합니다.

사실 우리들의 현 삶을 보면, '무아' 사상이 과연 있었나 싶을 정도로 '나'를 너무나도 크게 내세우고 있습니다. 요즘 인간의 삶을 한번 보십시오.

〈물질 만능시대, 속된 표현으로 돈만 있으면 안 되고 못 될 게 없는 시대, 전반적으로 만연해 있는 온갖 부패와 비리의 온상들, 부도덕하고 문란한 성 문화, 마약과 폭력의 난무, 보이스피싱 사기, 언제 어떤 상황에서 터질지도 모르는 국가 간의 핵전쟁 등등〉

이런 삶이 누구에 의해서 무엇 때문입니까? 바로 나와 집착 때문입니다.

깨달음, 깨어남을 결코 절대로 어렵게 보면 안 됩니다.

등잔 밑이 어둡다고 바로 앞, 말 같지도 않은 말, 생각할 필요도 없는 말, 거기에 모든 답들이 다 있습니다.

모 종교의 복음서에 실린 【내가 곧 길이요 진리요 생명이다】에서 "나! 내!"가 누구를 지칭하는 말입니까? 인간 개체인 "나! 내!"가 아닙니다. 바로 이것을 다음 단원에서 주 핵심으로 설명하겠습니다.

'무아'의 깊은 의미

———

1부에서 말씀드린 대로 나는 참으로 위대하고 대단합니다.

'천상천하유아독존'입니다.

【사람은 본래 완전한 존재】 그 자체입니다. 이 사실을 1부에서 여러 가지 상황으로 말씀드린 이유가 바로 여기에 있습니다. 그러면서도 그 이면엔, 풀지 못하는 모든 고통(괴로움)의 인과를 가지고 있습니다.

인간 삶에서의 모든 문제 발단이

어디에서 온다고 보십니까?

내가 원인이고, 내가 결과가 아닌가요?

내가 없다고 한번 가정해 보세요.

부처님께서는, 그 내가 본시 없다는 뜻에서 '무아'를 주장했습니다. 솔직히 앞장에서의 모든 물음표들, 즉 〈'나'라고 하는 '아'〉를 가지고서는, 결코 절대로 알 수 없고 풀 수도 없습니다.

그 이유는 바로 모든 것의 주체인 내가 '무아'이기 때문입니다. 만일 내가 생겨나지 않았다면 삶이니, 고통(괴로움)이니, 깨달음까지도 생겨날 이유가 전혀 없었겠지요.

'나'의 생겨남이 곧 모든 것의 생겨남이 돼 버렸습니다.

위에서 말씀드린 모든 의문 · 의심들을, 내가 일으키고, 내가 알려 한 게 아닙니까? 바로 이것을 말씀드리는 것입니다.

그렇다면 진솔하게 묻겠습니다.

'무아', 즉 내가 없는데

사후가 어디 있고, 윤회가 어디 있으며,

상 · 벌, 천국 · 지옥이 뭐 하는 데 필요합니까?

천도 · 제사 행위가 누구를 위해 필요합니까?

있지도 않은 이 '나'에 매여서는 그 무엇이든 풀리지가 않습니다. **물론 이 모든 것들이 결국은 다 한 생각에 불과하지만,** 이제 그만 꿈에서 깨십시오. 나란 없습니다. '나'라는 인간 개체는 애초부터 없었습니다.

사실 삶이 무엇입니까? 생각 아닙니까?

정말 말 못할, 아니 표현 불가한 그 무언가가 있다고 보십니까? 당신의 목전(目前)에? 그 무엇으로든 표현 불가한 허공과 같은 절대 불변의 자리가? 깨달음은 선정의 상태가 정말로 아닙니다.

목전(目前)의 상태에 의식을 최대한 집중시켜 꿈도 꾸지 않는 깊은 잠 속의 그 상태로 단 10분 만이라도, 아니 1분 만이라도 몰입해 보세요. 과연 그것이 정말 가능한지 말입니다.

선정도 엄밀하게 보면 하나의 생각에 불과하지 않습니까? 물론 명상·선정이 몸과 마음을 이완시켜 주는 아주 중요한 역할을 하고 있다는 것은 충분히 알고 있습니다.

목전(目前)에 무엇이 있다는 말씀입니까? 상상이나 생각으로 없는 그 자리를 만들지 마시고, 살아 있는 그대로의 목전(目前)을 확실하게 보세요.

목전(目前), 즉 당신의 눈앞에 무엇이 있습니까?

실존·현존·자존하는 그것을, 실제로, 현재에만, 스스로 있는 그것이 정말 무엇인지 직접 보세요.

무엇입니까?

'나'라고요?

'나'라고 하는 그 대답! 목전(目前), 즉 눈앞의 허공성에 나를 만들어 놓고 있으니 그래서 깨닫지를 못하고, 다람쥐 쳇바퀴 돌듯이 그 자리에서 계속 맴돌기만 하지요.

이러니 '무아'가 발붙일 자리가 있었겠습니까? 그러니 '무아'를 외면하고, 그래서 지금까지 '신'으로 깨어나지를 못하고 있었던 것입니다.

이런 '나'에게서 완전하게 다 벗어나야 합니다.

그래야 모든 문제가 다 풀립니다.

나는 없습니다.

그럼 무엇일까요?

존재입니다

—

'존재'입니다.

전편에서 갓 태어난 갓난아이의 상태에서 존재니, 자존 이니 하면서 몇 번 설명한 바 있습니다.

이것이 바로 이 존재가 주장하는 '무아' 속에 내재해 있 는 깊은 사상입니다. 지금부터 본격적으로 되기 위한 공 부, 즉 '신'으로 거듭나는 완전한 자리에 드는 방법을 말씀 드리겠습니다.

사람, 인간, 나, 우리는 본래 완전한 '신' 그 자체입니다.

'신'이 다른 외부 혹은 미지의 세계에서 오는 것이 절대 로 아닙니다. 또한 천상이니 흔히 말하는 외계 등등 외부에 있는 것도 아닙니다.

본래부터 하나님 · 부처님으로서 무형의 '신'으로 있었는데, 사람 · 인간 · 나로 유형의 몸을 갖고 이 삶에 모습을 드러낸 것이 곧 태어남이고 인간 개체의 창조입니다.

하나님께서 만상 만물을 창조하시고 아담과 하와를 창조한 것같이, 우리 모두도 본래 '신' 그 자체가, 1부「나!」의 단원에서도 언급하였듯이 '나'라고 하는 '아'가 생겨나기 이전의 존재, 초의식 · 전체 순수의식만을 가진 바로 그 상태였습니다.

처음에는 이렇게 완전하게 왔는데, 문제는 그 누구에 의해서든 '나'라고 하는 '아'의 의식을 가지면서 인간인 내가 돼 버린 것이 지금의 독자 여러분들입니다.

안타까운 것은 자신이 본래이고 '신'임을 전혀 모른 채 중생, 신의 피조물로 여기고 자기만의 방식으로 삶을 살아가고 있다는 것입니다. 그 자기만의 방식이 한계와 분별심을 짓는 '나'라고 하는 '아'의 삶입니다.

그래서 이 존재가 여러분들에게 처음부터 〈본래 완전함〉을 밝혀 드린 것도 다 이유가 있었습니다.

사실 깨달음과 관계없이 '신'으로 의식전환을 하여 거듭나기만 하면 끝인데, 여러분들은 스스로가 깨달아야 한다는 논리 속에만 깊이 빠져들고만 있었습니다.

그리고 사후와 윤회를 만들어 현생에서 깨닫지 못하면 사후와 윤회에 계속해서 빠져든다는 관념 속에 실제로 그렇게 돼 버리고 말았습니다. 이 모든 게 다 '나'라고 하는 '아' 때문임을 정말로 모르고 있습니다.

'신'이 되려면 우선 당장 '나'에게서 벗어나야 합니다.

그것이 바로 진정한 '무아'입니다.

'무아'가 되어야만 합니다.

그럼 어떻게 '무아'가 될 수 있을까요?

자신이 '신'임을 드러내 놓아야 하는데, 내가 떡 버티고 있습니다. 그 〈나〉라고 하는 명칭까지도 완전하게 다 놓고 버려야 합니다. 본인 스스로 깨달았든, 말로 들어서 깨달음을 알았든, 그건 전혀 상관이 없습니다.

앞에서 간단히 언급한 사항 중에 인간이 사용하는 언어와 문자에는 보이지 않는 숨은 깊은 뜻이 있다고 했습니다.

〈나는 깨달았다, 내가 깨달았다〉라는 깨달음은 아무런

소용이 없습니다. 내가 깨달았기 때문입니다. 마치 이와도 같습니다.

〈할 수 있다, 될 수 있다〉라는 말과 마음을 진심으로 내면, 정말로 해내고 된다는 것을 우리 삶 주위에서 많이 느껴 보지 않았습니까?

〈말이 씨가 된다〉는 속담과 같이 정말 다 되어 버립니다. 중생이다, 중생이다, 중생이다, 하면 중생밖에 못 되듯이, 본래 '신' 그 자체임을 드러내 놓아야 '신'이 되는 것입니다.

지금 당장 이 자리에서부터
〈나는 '신'이다 '신'이다〉 해 보시고,
〈이 존재는 '신'이다, '신'이다〉 해 보십시오.
〈나는 '신'이다〉 백날 해 보았자 '신'이 안 되지만
〈이 존재는 '신'이다〉 그럼 진짜
그 순간부터 정말 '신'이 됩니다.

'신'이 되면 본래가 그냥 드러나는 것이지요. 믿거나 말거나 한 말 같기도 하고, 이 말이 별것 아닌 것 같지만 '나'와 '존재'의 부르는 차이는 엄청납니다. 이 부르는 차이가

곧 '신'을 바로 드러내 놓는 일입니다.

부처님께서 정각을 이루시고 제일 먼저 행하신 것이? **자기 자신이 【부처】임을 만방에 '고'하셨다 합니다.**

부처가 무엇입니까? 사람이 아니라는 뜻으로서 '신'임을 선언한 것입니다. 이 존재는 이 말의 의미를 상당히 깊게 받아들이고 있습니다. 바로 【'신'의 드러냄】입니다.

'나'와 '존재'는 결코 절대로 한 몸·마음에서는 존립할 수가 없습니다. '나'로 있든지 '존재'로 있든지 둘 중에 하나만이 있어야 합니다.

'나'라고 하는 '아'가 현생에서만도 70년을 살았는데, 그게 단시일에 되는 것은 아닙니다만, 분명한 것은 스스로가 '신' 그 자체임을 드러내면서 나를 완전하게 다 놓게 되면 그 순간부터 사후와 윤회에서 완전하게 벗어나 죽음을 맞이해도 열반에 드는 것입니다. 본래 자리에 드는 것이지요.

〈나〉는 그동안 삶 속에서 너무나도 많이 써 왔고, 그러다 보니 이미 생활 속에 관념화돼 버렸습니다. 무엇을 하든 〈나〉입니다. 심지어 깨달음까지도 〈나〉입니다. 여러분들은 결코 절대로 이 〈나〉에게서 벗어날 수가 없습니다.

본래로 드러나고 싶어도, 본래를 드러내 놓고 싶어도, 〈내〉가 떡 버티고 있는 한, 결코 절대로 드러날 수 없습니다.

그렇다고 '하나님', '부처님', '신'이라고 명칭을 붙이면 속된 표현으로 모든 사람들에게 광신 · 맹신으로 오해받기 딱 알맞고…(원래는 그렇게 하는 게 맞는데 인간 삶 속에 관념화가 이미 되어 있어서).

이렇게 말씀드리니까 법명이라는 명칭이 있지 않느냐고 말씀하시는데, 그 명칭과 존재라는 칭호와는 너무나도 큰 차이가 있음을 밝혀 드립니다.

존재!

그간에 일부 공부방에서도 존재라는 말들이 심심찮게 나왔습니다. 또한 존재라는 말을 일상에서도 흔히들 사용했지요. 그러나 간단하게 이렇게 있는 것으로시만이 존재로 여겨 왔지, 존재의 실상을 제대로 파악하거나 펼쳐 보이지는 않았습니다.

'존재'라는 이 용어 · 칭호가 어디서 비롯됐습니까?

【천상천하유아독존】!

비록 설화적인 신비로움이 내포되어 있는 말이지만, 여기서 【존재】라는 용어가 나왔는데, '신'의 대용어로서 존귀하다는 높임말입니다.

한마디로 '신'을 대체하는 용어·칭호로서 위에서 말씀드린 법명과는 차원 자체가 완전하게 다르다는 것이죠. 법명은 '신'을 믿겠다는 제자의 성격을 띠고 있지만, **존재는 '신' 그 자체의 표현으로서 '신'과 동등한 상태를 의미합니다.**

한마디로 이 존재가 곧 '신'이라는 것이지요. 〈사람은 본래 완전한 존재〉라는 것이 바로 이것을 뜻합니다.

이렇게 말씀드리니까 감히 '신'의 칭호를 하찮은 인간에게 사용할 수 있느냐며 반박의 말씀을 하시는 분들이 계시는데, 왜 인간을 하찮게 보십니까?

그렇게 보기 때문에 깨닫지 못하고 가상의 '신'에 끌려다니기나 하지요. 그로 말미암아 그 숱한 삶을 힘들고 어렵게 윤회를 해 가면서 살았습니다.

제발 '신'과 인간을 별개로 보지 마시길 진정으로 바랍니다. 그동안 그렇게 보았기 때문에 '신'의 행과 삶이 나오지 않았던 것입니다. '의식전환'의 중요성을 정말 강조 부탁드립니다. 사실 사람은 태어나면서 이미 '신' 그 자체가 되어 있습니다.

여기서 한 가지 확실하고 분명하게 밝혀 드릴 부분이 있습니다.

존재이니 하나님 · 부처님 · 신이라 하니까 사이비 운운하는 사람들이 있는데, 사이비에 대한 개념을 전혀 모르고 하시는 말씀입니다.

사이비는 말 그대로 나 혼자만의 깨달음으로 자기 자신만이 신이고 그 이외의 사람들은 다 중생으로서 신을 믿고 따르는 신봉하는 추종자에 불과한 자기들만의 종교단체를 일컫는 말입니다.

그러나 이 존재가 주창하는 '존재'는 어느 개인의 혼자만을 의미하는 것이 결코 아닙니다. 〈사람은 본래 완전한 존재〉라는 말속에는 남녀노소 그 누구를 막론하고 모두가 다 존재로서 '신' 그 자체라는 의미입니다.

사람은 본래 완전한 '신' 그 자체로 왔습니다.

'신' 그 자체로 왔으니까

그냥 '신'의 삶을 살라는 뜻입니다.

물론 자신이 '신' 그 자체임을 스스로 깨닫지 않는 한 못 믿겠다 한다면, 손수 깨달아 내가 '신'임을 알아야 되 겠지요?

여기서 중요한 것은?

내가 신임을 알아봤자 아무런 소용이 없다는 것.

'신' 그 자체가 되어야만 합니다.

되기 위한 방법이 곧 내가 '신'임을 만방에 '고'하면 되 고, 존재로서 본인 스스로가 완전하게 믿고 인정 · 수용 하면 되는 것입니다.

그러면 그때부터의 삶은 자연적으로 '신'의 삶이 되는 것인데, 거기에 무슨 공부가, 수련 · 수행이, 선정, 반야 가 필요하냐는 것입니다. 모임도 필요 없고 그 누구를 추 종하거나 믿고 섬길 이유도 전혀 없습니다.

존재로서 주어진 삶을, 지금 여기 이 순간 현재만을 자각하며 그냥 충실하게 잘 살면 그것으로 끝입니다. 더 이상 그 무엇을 할 필요가 전혀 없습니다. 무엇을 할 필요가 있다면 그때부터 기존의 스승님과 깨달음이 나오면서 사이비가 등장할 수도 있는 것입니다.

존재란 갓 태어난 어린아이도 존재 그 자체인 것이고, 임종을 눈앞에 둔 할아버지·할머니도 존재 그 자체입니다. 모두가 다 완전한 '신'입니다. 거기에 무슨 뚱딴지같은 사이비 운운하시는지, 이 존재로서는 솔직히 이해가 되질 않습니다.

사리 분별을 못하는 어린아이는 자연적으로 존재로 키워야 되는 것이고, 그 외에 본인 스스로가 인정·수용만 한다면, 옆에서 존재라 불러 주시고 그때부터 존재로서 '신'의 삶을 평상시와 똑같이 사시면 됩니다.

그때부터의 삶은 자연적으로 '신'의 삶이 되는 것입니다. 존재로 있기 전 어제의 삶은 인간 개체의 삶이었지만 말이지요.

얼마나 쉽습니까? 너무 쉽기 때문에 믿지를 못해서 문제입니다. 이런 '신'의 삶을 한 번이라도 살아 보셨습니

까? 이제부터 살아 보세요. 삶이 어떻게 바뀌는지. '신'이
기 때문에 삼라만상 일체전체 모든 것들이 존재인 당신
을 완전하게 보호해 줍니다.

앞에 자신의 이름을 붙이면 누구든 사용 가능하며 무난
합니다.

〈박병용 존재님!〉〈박 존재님!〉

어떻습니까?

이 존재를 '신'으로 높여 주는 아주 좋은 용어 · 칭호입니
다. 그렇다고 떠받들어지려고 이 짓거리를 하는 것은 결코
아닙니다. 이 존재뿐만이 아니라 여러분 모두도 다 스스로
가 '존재'입니다.

〈김 아무개 존재님!〉〈이 아무개 존재님!〉

이 〈박 존재〉만을 그렇게 부르라는 것이 아닙니다.

본래는 같이 사는 집 식구들 모두가 다 '존재'입니다.

여보 존재님! 당신 존재님!

자제분 이름이 유명이면 유명 존재님!

형 존재님! 누이 존재님! 아우 존재님!

우리는 본래 완전한 존재들입니다.

이제부터는 자제분도 존재입니다.

여기서 참으로 주의하셔야 할 부분이 있습니다.

존재라는 명칭을 사용 붙여 줄 때는 그 당사자 본인 자신이 스스로 완전한 '신'임을 인정 · 수용하고 확신하며 스스로 자각하는 그 자체가 된 자에게만 붙여 주어야만 합니다.

상대가 붙여 주는 게 아니라, 본인 스스로가 그렇게 되었다 확신하면 붙이면 됩니다. 그렇게 안 된 자, 못 된 자, 스스로가 아니다 하는 자에게는 존재라는 칭호를 붙여 주어서는 안 됩니다.

또한 말 못하는 어린 존재를 키울 때도 내 자식의 명칭이 아닌 "유명(아기 이름) 존재님! 우리 존재님!"이라고 불러 주어야 하고, 그래야만 어린아이 본인 스스로도 성장하면서 〈이 존재는 완전한 '신'〉임을 항상 매 순간 자각하게 되고, 그렇게 자라나야 스스로 존재의 실상이 됩니다.

한마디로 '신'으로 키우셔야만 합니다. 사실은 〈내 자식〉도 내가 '나'로 있을 때 속된 표현으로, 인간으로 길들여 놓은 것 아닙니까?

또 한 가지 삶에서 항상 염두에 두실 부분이 있습니다.

상대와 대화를 할 때 '나'라는 명칭을 절대로 사용해서도 안 됩니다.

물론 숙달될 때까지야 어쩔 수 없지만, 될 수 있으면 '이 존재는', '이 존재가'라는 명칭에 숙달되어야 합니다. 이것이 '무아'로 가는 지름길로서 어렵다면 좀 어려운데, 이는 습관 때문입니다.

중요한 것은 '존재'로 숙달해야 되겠다는 마음입니다. 그 마음만을 계속해서 가지고 있다면 순간순간 실수를 해도 무관합니다.

처음에는 습관이 안 돼서 많이 어색해도 이 책을 읽으며 차츰차츰 습관화시키면 그냥 자연스럽게 됩니다. 이 사실을 정말로 믿으셔야 합니다. 아무것도 별것 아니라고 생각하실지 몰라도 존재 속에 숨은 비밀을 알게 되면 정말 깜짝 놀라실 것입니다.

이 모든 것들이 다, 이 존재 자체가 본래의

'신'으로 거듭나려 '의식전환'을 하는 것입니다.

지금 이 시각부터 '존재'라는 칭호를

꾸준한 자각과 함께 사용하십시오.

'존재'라는 칭호를 사용함과 동시에 무언가 분명하게 달라지는 게 있습니다. 자신이 '신'임을 드러내 놓아야 신이 됩니다. 그래서 '신'을 드러내 놓으라 하는 것이지요.

결국 본래의 '신'으로 회귀하는 것이 되는 이 공부의 마지막 완성의 길입니다. **본래의 '신'이 '나'라고 하는 '아'에 빠졌다가 다시 본래의 '신'으로 회귀하는 것이 이 공부의 끝입니다.**

본래의 '신'으로 회귀하지 못하면 회귀할 때까지 윤회의 수레바퀴에서 생·로·병·사의 고통(괴로움)을 끝없이 반복합니다. 부처님께서 말씀하신 고통(괴로움) 고성제가, 바로 윤회의 수레바퀴에 걸려 끝없이 반복하는 것을 의미합니다. 부처님의 모든 법은 결국 윤회의 고통(괴로움)에서 벗어나기 위한 법입니다.

이것이 바로 부처님 출가 목적이 아닙니까?

삶이 모든 고통(괴로움)의 원인인데, 그런 삶을 끝없이 반복해서 받는다는 것, 얼마나 고통(괴로움)입니까?

본래의 '신'이 되는 것, 참으로 중요합니다.
또 한 가지 중요한 사실은,
드러나지 않은 자기 혼자만의 '신' 역시도
아무런 소용이 없다는 것입니다.

만상만물이 왜 아름답고 귀하며 좋은 줄 아십니까? 드러나 있기 때문입니다. 만상만물이 곧 '신'의 드러남이고, 드러남이 창조이며, '신'의 역사입니다.

깨달아 '신'이 되었다는 사람들 중에 자기 자신만이 '신'이면 되지 않냐며 존재라고 부르기에는 창피하고 쑥스럽다는 사람들이 있습니다. 본인 스스로가 아직 '신'이 안 되어 있음을 은연중 내비치는 것으로서, 정말로 '신'이 되었다 해도 아직 '존재'라는 용어에 숙달되지 않아서입니다.

이 사실을 의심하는 자! 상대에게 창피함을 느껴 사용을 꺼리는 자! 드러나지 않은 '신'은 결코 절대로 '신'이 아니고 '신'이 될 수 없습니다.

드러남은 상대에게 보이려는 게 아니라 '신'의 창조 능력입니다. '신'은 완전하고 대자유하며 무한가능성의 존재입니다. 이런 능력을 드러내지 못하면 당연히 '신'이 될 수 없고, '신'이 아닙니다.

존재는 '신'의 드러남이며 상대와는 전혀 상관없이 이 존재 스스로의 인정·수용입니다. '신'이 자신을 드러내 놓지 않으면 아무런 소용이 없습니다. 창피하고 쑥스럽다고 '신'을 드러내 놓기를 꺼린다면, 당신은 '신'이 되지 못한 채 끝없는 윤회의 삶만을 계속 살 수밖에 없습니다.

옆에서도 '존재'라고 항상 불러 주면 더 빨라지고 아주 좋습니다. 아주 쉽고 너무나도 쉽다 보니 이 사실을 믿지를, 믿으려 하지를 않습니다.

여기에서 '무아'에 대한 확실한 결론도 짓겠습니다.

이 존재는 '무아'의 개념을 크게 두 가지로 봅니다. 그 첫째는 우리의 삶 속에서 사용하는 '나'라고 하는 문자까지도 완전하게 사용하지 않는 것입니다. 그 둘째는 '신', 즉 '존재'를 드러내 놓는, 즉 삶에서 사용하는 것입니다.

존재가 곧 하나님·부처님·신입니다. 자기 자신 스스로를 '신' 그 자체로 표현하는 것으로서, 인간 개체인 '나'

가 아닌 '신'임을 만방에 '고'하는 것입니다. 그래야 확실한 '신'이 자연적으로 드러나는 것이고 '신'이 그냥 됩니다. 이것이 진정한 '무아'이고 '무아'가 되는 방법으로서는 그야말로 최상입니다.

이렇게 확실하고 완전하게 되는 방법을 그동안에 모르고 있었기에 사람들은 깨어나지를 못하고 있었던 것입니다.

'무아'가 안 되면 결코 절대로 깨어날 수가 없습니다. 그래서 사람들은 참으로 힘들고 어려운 삶을 살아가고 있었던 것이지요. 이제부터 깨어나십시오. 그리고 본래인 '신'의 삶을 지금부터 살아 보도록 합시다.

〈사람은 본래 완전한 존재〉 그 자체입니다. 스스로가 존재로 불릴 때 자동적으로 그냥 '무아'가 되어 버립니다.

즉 존재가 곧 하나님·부처님·신이기 때문에 존재라 불릴 때, 스스로를 '존재'라고 칭할 때, 당연히 '무아'가 될 수밖에 없습니다. '무아'를 인위적으로 없애고 놓는 행위를 전혀 할 필요가 없다는 말입니다.

존재라는 이 칭호가 바로 스스로 '무아'임을 만방에 '고'하는 것으로서, 다른 행위를 전혀 할 필요가 없는 참으로 매우 정말 중요한 사실입니다. 스스로 '존재'라 칭할 때

'나'가 사라지면서 '무아'가 자연적으로 됩니다.

그럼 지금부터 '존재'에 대해서 더 깊이 있게 논해 봅시다.

존재! 그냥 순수하게 이렇게 있는 것이 존재 아니냐 하실 텐데, 한자 풀이로 본다면 있을 존(存), 있을 재(在), 즉 글자의 뜻대로만 풀어 본다면【있음】입니다.

중요한 것은 있긴 있되,

【Now, 여기, 현재, 이 순간, 당장, 찰나】

에만 있는 것입니다.

'존재'의 가장 중요한 핵심이 바로

지금 여기에 있는 것입니다.

여기를 조금이나마 벗어나서는 결코 존재할 수가 없을뿐더러, 존재라고 할 것까지도 없다는 점을 정말 깊이 있게 알아 두셔야만 합니다.

여기서 바로 자각의 중요성이 나옵니다. 스스로가 존재임을 자각할 때에만 존재로 있는 것입니다. 존재의 실상이 지금 여기 이 순간 현재입니다. 현재에만 있습니다. 이것을 계속해서 삶 속에서 자각해야 합니다. 이 점이 참으로 중요합니다.

지금 여기 이 순간 찰나 현재만을 자각하는 것이 존재로 사는 길입니다. 이 점에 대해서는 뒤에서 다시 말씀드리고, 여기서 잠시 【있음】에 대해서 설명하겠습니다.

있음

이 존재 개인적으로는 참으로 정말 중요하다 봅니다.

【있음】은 있고 없고의 상대성적인 개념이 결코 절대로 아닌, 풀이해 보면 【'신'의 드러남】인데, 여기서 외면적인 보임·느껴짐은 【있음】의 능력에 속할 뿐, 인간사고(思考) 의 영역을 벗어난 표현 불가한 영역입니다.

그 어떤 개념, 조건의 구애 없이 【완전 독립된 용어】입니다. 이것을 아주 쉽게 풀이해 보면 다음과 같습니다.

'신'이 '본래'가 그렇게

【있음】으로서만이 드러나 있습니다.

【있음】의 그 상태를 한 예로 들어 봅시다.

아무것도 모르는 어린아이 눈앞에 빨간 공을 보여 줍니다. 그 어린아이 눈에는 그 빨간 공이 어떻게 보일까요? 빨갛게? 동그랗게? 아니지요, 빨갛고 동그란 것은 우리들의 생각에 의한 정해짐입니다.

〈이런 역할을 하고, 이런 색상을 가진, 이렇게 생긴 것은, 빨간 공이라 하자〉라는 삶 속에서 무언의 약속으로 빨간 공이 나왔습니다. 그런 것들을 전혀 모르는 어린아이 눈에는 빨간 공이 어떻게 비춰질까요?

전혀 의미 없는 표현 불가한 어린아이의 눈앞을 가리고 있는 어른거리는 이 상태를 이 존재는 【있음】이라 표현할 뿐입니다.

【있음】!

눈을 반쯤 뜨고 의식을 다 놓고

【있음】에 대한 선정에 조용히 들어 보세요.

여러분들이 본래의 '신'으로, 사람으로, 인간으로,

'나'로 있을 때도 항상 그렇게 있었고,

앞으로도 영원토록 그렇게 있습니다.

사람이 인간이 내가 영생하는 게 아니라
본래 【있음】이 영생하는 것입니다.

사람들 깨달음의 공부 끝자리에 가면 인도하셨던 스승님께서 〈너희는 본래부터 생겨난 적도, 없어진 적도 없었다.〉라는 말들을 하지요.

즉 그냥 【있음】으로, 바로 이것을 말씀하신 것입니다. 여기서 외면적인 생겨남과 없어짐을 의미하는 것이 결코 아니라, 말로 표현키 어려운 **"영원, 즉 【있음】에 대한 의미의 표현 방식"**입니다.

오고 간 적도 없이 항상 그 자리에 그냥 그렇게 있었습니다. 그것을 인간의 관념으로 느끼려 의식하려 하지 마십시오. 결코 절대로 느껴지고 의식되지 않습니다.

【있음】은 보이지 않는 느낌 · 마음 · 에너지 · 파장 등으로도 의미 지을 수 있는데, 그 대표적인 것으로서 '신', '본래'를 들 수 있습니다.

'마음'이라고 정의 내리고 있는 분들도 있는데, 【있음】에 이름자를 붙이면 한계와 분별심이 생기므로 이 존재는 결코 그렇게 딱 정하지를 않습니다. 한계와 분별심에 빠지면 더 이상의 진전이 없이 그 자리에 멈추게 되기 때문입니다. 진리의 특성상 완전하고 무한하며 자유분방함이 없어진다는 의미입니다.

과학자들이 현재까지 밝혀진 물질의 최초입자는 힉스 입자라 하는데, 과학자도 아닌 순수한 일반인인 이 존재의 개인적인 견해로 말씀드리면, 모든 물질의 최초 단위를 이 존재는 【있음】으로 보고 있습니다.

이것을 표현하려고 허공성이니, 그 무엇, 전체, 목전 등으로 부르는 것 같은데 그 이치를 정확하게 알고서 표현했다면 상관없지만, 대다수 상상과 생각으로 정해짐을 표현키 위한 것으로 보기 때문에, 이 존재는 그런 표현을 결코 중요하게 여기지 않습니다.

그럼 【있음】이 곧 무엇이냐?

【존재】입니다.

【존재】는 【있음】의 정해진 이름자가 아닌 대용어 표현입니다. 【존재】라는 이 대용어 표현이 얼마나 훌륭하고 대단한지는, 이 책을 읽으면서 차츰 아실 것이라 보고 있습

니다.

　【있음】의 중요성으로 전반부 「내가 있어 있다」 단원에서는 나를 내세웠지만, 그 본래의 주체는 사실 【존재가 있어 있다】입니다.

　앞장 전반부인 「나!」 단원에서 갓 태어난 어린아이의 행위에서 나타났듯이 배가 고프면 울어 어머니가 젖을 물리면 빨고, 배설물의 배출에 의해 축축함을 느끼며 보채는 그런 본능적인 표현, 이것이 바로 **'존재'의 있음**을 정확하게 표현한 것입니다.

　지금 여기 현재 이 순간에서만 일어나는 상황으로서, 지금 여기 현재 이 순간에 어린아이는 배가 고파 우는 것이고, 지금 여기 현재 이 순간에 어린아이는 배설물의 축축함을 느껴 웁니다.

　여기서 젖을 빨고 배설물을 몸 밖으로 배출시키는 것 등이 전체 초의식 · 순수의식이 하는 것입니다. 그래서 어린아이의 상태를 '존재'와 '자존'으로 표현한 것이고요. 존재의 실상이 지금 여기 이 순간 현재입니다.

　앞에서 모든 물질의 최초 단위를 【있음】, 즉 【존재】라 했습니다. 모든 물질은【존재】가 있어 있는 것입니다.

물질뿐만이 아니라 천지창조 역시도 스스로 '자존'하는 '존재'가 있어 있는 것이고, 삼라만상 일체전체 모든 것들 역시도 실존하는 '존재'가 있어 있습니다.

이렇게 말하니까, 대다수 이 사실에 대해서 전혀 믿지를 못하는데, 이 존재 스스로를 내세우는 게 아니라 인간의 자만·편견을 말합니다. 인간의 자만과 편견이야말로 정말로 버려야 할 참으로 잘못된 내가 하는 마음입니다.

지금 당장에도 위의 사실을 비웃고, 〈당신 혼자만 열심히 존재로 있어라〉라며 비아냥거리고 전혀 믿지를 않는 사람들이 대부분이라는 사실, 충분히 알고 있습니다.

이 사실은【믿는 자들만이 믿는 진정한 거듭남입니다.】

'존재'에 대해서는 계속해서 이어집니다.

이건 이 존재의 개인적인 한 생각일 수도 있지만, 글자는 달라도 뜻에 있어서 있음을 2번씩이나 강조했습니다. 이 존재는 이것을 몸과 마음으로 보고 있습니다.

몸과 마음은 둘이면서도 하나입니다. 이 말의 의미는 몸과 마음은 제각각인 것 같지만 결코 절대로 떨어지려야 떨어질 수가 없는 하나임을 분명히 하는 것입니다.

본문에서도 잠깐 말씀드렸지만 몸이 없으면 마음 또한 없습니다. 몸이 없는데 마음으로 무엇을 합니까? 마음이 없는데 몸이 무엇을 합니까? 명상이나 선정 상태에서 몸과 마음을 잠시 분리할 수는 있어도, 그건 생각에서뿐입니다. 원래 분리할 수도, 분리될 수도 없는 게 몸·마음입니다.

꿈도 꾸지 않는 깊은 잠 속에 몸과 마음이 분리됩니까? 분리가 안 되기 때문에 깊은 잠 속에서 마음을 낼 수가 없습니다. 분리하고 싶어도 분리될 수가 없습니다. 그래서 이 존재는 그 상황을 적멸의 상태라 말씀드립니다.

또한 '존재'는 몸만을, 마음만을 가리키지 않습니다. 몸과 마음이 완전하게 합체된 상황에서만 '존재'라 합니다.

앞으로 '존재'는 몸 · 마음입니다.

좀 더 색다르게 이 존재 나름대로 표현해 본다면?
【정신 똑바로 차린 상태!】
그 상태가 바로 '존재' 그 자체입니다.

우리 속담에, 호랑이한테 물려가도 정신만 똑바로 차리
면 산다는 말이 있습니다. 여기서 말하는 정신 똑바로 차
린 상태를 의미하는 것으로서, '존재'가 바로 그런 상태입
니다.

선불교에서 많이 나오는 의식이 성성한 상태! '존재'에
있으면 사실이 그런 상태가 됩니다.

삶에서 여러분들에게 가장 소중한 시간이 언제입니까?
바로 지금 여기 이 순간 현재가 아닙니까? 모든 것들을 결
정하고, 모든 것들이 일어나고 행위하는 그곳이 바로 지금
여기 이 순간 현재입니다. 여기서 결정짓는 그대로가 앞으
로의 당신을 만들어 냅니다. 지금 여기 이 순간 현재의 선
택이 당신의 성공과 실패를 좌우합니다.

사실, 진실 여부를 벗어나 지금까지 당신의 모든 지난

일들을 가만히 냉정하게 한번 들여다보십시오. 모든 일들은 다 '존재'에서 이루어졌습니다. 이 말은 곧 지금 여기 이 순간 현재에서 다 이루어진다는 말입니다. 그동안에는 이런 것들을 다 잃어버리고 살았습니다. 오직 삶에만 찌들어 있었을 뿐입니다.

존재!

얼마나 중요합니까?

'존재'에서도 몸 · 마음이 있고,

'나'에게서도 몸 · 마음이 있습니다.

그 몸 · 마음의 역할은 같지만, 사고(思考)의 개념은 완전 상이합니다.

존재는 지금 여기 이 순간에만 일어나고 결정지어지며 행해지는데, '나'는 과거 · 현재 · 미래를 다 아우르고 있습니다. '존재'는 이미 완전하게 있는 반면에, '나'는 깨달아야 할 내상에 속해 있다고 스스로 여기고 있습니다.

여기에 대한 판단은 여러분 각자에 달려 있습니다. 특히 "내가 곧 존재 아니냐?"라고 말하는 분들이 계시는데, 이건 참으로 잘못된 표현입니다. 존재와 나는 분명하게 다릅니다.

비록 '나'도 결국엔 '존재'에서 나왔지만, 【분명하게 내가 존재가 될 수는 있어도, 존재는 내가 결코 절대로 되지 않습니다.】 물론 스스로가 되려면 되겠지만 여기에 모든 초점이 다 들어 있습니다. 아직까지도 이해가 안 되십니까? 좀 더 자세히 풀어 보겠습니다.

〈'나는 누구인가?'의 의문·의심을 누가 냅니까?

바로 '나'입니다. 내가 "나는 누구인가?"의 의문·의심을 내고 있습니다. 만일 내가 없다면, "나는 누구인가?"라는 의문·의심이 생겨납니까?

바로 이것을 말씀드리는 것입니다. 그동안의 모든 의문·의심이 '나'로 인하여, 내가 일으킨 의문·의심이라는 것입니다.

더 쉽게 표현해 보면, 존재에서는 "나는 누구인가?"라는 말 자체가 없다는 뜻입니다.〉

내가 있으면 모든 의문·의심이 꼬리에 꼬리를 물듯이 산더미처럼 쌓입니다. 그러나 존재는 오로지 지금 여기 이 순간 당장 현재에만 있습니다. 존재에서는 과거에 가졌던 의문·의심이라는 게 없습니다. 존재에게는 과거가 없기 때문입니다.

【모든 의문·의심은 '나'로부터 다 생겨납니다.】

이것이 이 책의 아주 중요한 핵심 부분입니다.

그동안에 많은 의문·의심들, 사후, 윤회 깨달음, 해탈까지도 내가 내고 있었습니다.

그런 '나'에게서 벗어나 '존재'로 있어야 합니다. 그래서 '나'를 완전하게 다 놓고 버리라 한 것입니다.

그렇다면 이런 의문·의심들이 이 삶에서는 반드시 필요한 걸까요? 그것은 여러분 스스로가 판단할 일입니다. 존재에서는, 지난날, 나중에, 언젠가는, 다음에, 앞으로라는 말이 필요 없습니다. 오로지 NOW에만 존재할 뿐입니다.

여기서도 아주 중요한 한 가지를 더 말씀드립니다.

종교에서는, 세 위격이 **하나의 몸**을 이룬다 해서 삼위일체라는 법이 있습니다. 기독교의 삼위일체(성부·성자·

성령), 불자의 삼보(불·법·승)는 반드시 귀의해야 할 세 가지 교리입니다.

여기서 하나의 몸(삼위일체), 불자가 귀의해야 할(삼보) '존재'도 세 위격, 세 교리를 다 갖추고 있습니다.

- 실존(성부, 불)
- 현존(성자, 승)
- 자존(성령, 법)

이 존재는 이렇게 나누어 보았습니다만, '존재'는 실존이고 현존이며 자존입니다. 이것을 풀어 보면 다음과 같습니다.

- 실존은 진실 진리의 변하지 않는 실체의 존재이고,
- 현존은 지금 여기에서 행위하는 행위의 존재이며,
- 자존은 근원 뿌리 본래의 존재입니다.

결국 '존재'는 삼위일체이고 삼보입니다.

있는 그대로의 사실을 어떤 미지의 상태로 왜곡시키지

마시고, 그냥 있는 그대로만을 보십시오. 유독 불교나 힌
두교에서만 '나'를 법에서 중요시 여기지만, 기독교나 외적
인 종교에서는 '나'보다는 주님으로 명명하면서, 주님만을
섬깁니다. 오로지 주님뿐입니다.

이 경우, 나는 철저히 중생으로서 주님의 피조물밖에 안
됩니다. '나'와 '존재'는 분명하게 다릅니다.

기존의 깨달음 법을 완전하게 뒤바꾸어 놓은 새로운 방
법일 뿐입니다. 기존의 내가 항상 부족하고, 깨닫지 못했
고, 인간이라는 관념에서 벗어나 완전하게 깨어난 하나
님·부처님·신 그 자체임을 스스로 인정함으로써, 정말
로 '신'이 돼 버립니다.

여기서의 '신'은 사람들이 말하는 그런 보이지 않는 허공
성의 신이 아닌, 실재하는 '실존', 현재에 있는 '현존', 스스
로 있는 '자존'의 6근 6식에 드러나는 실상의 '신'입니다.

그렇다면 존재가 왜 깨달아 있고
완전하며 신이라 하는 걸까요?
그 이유는 존재는 지금 여기 이 순간
현재에만 있기 때문입니다.

즉, 전혀 상상이나 꾸밈이 없는,

있는 그대로의 그 자체라는 뜻입니다.

이것이야말로 완전함이 아니고 무엇입니까?

그동안 사람들은 '신'을 보이지 않는 절대자로 높이 숭상하며, 상상으로 꾸미면서 높게 치켜 받들었습니다. 거기에 빠져 움츠리면서 자기 자신을 아주 나약하게 만들어 버렸습니다.

그러나 '신'은 상상 속의 절대자라거나, 높게 떠받들어진 꾸밈의 존재가 절대로 아닙니다. 지금 여기 이 순간 현재에만 있는 실존 · 현존 · 자존인 존재 그 자체가 바로 '신'입니다.

존재는 무형 · 유형으로 있을 뿐입니다. 무형이 곧 하나님 · 부처님 · 신입니다. 유형이 실존 · 현존 · 자존인 존재, 즉 사람 · 인간 · 나인 것이지요. 결국 무형과 유형은 다른 것이 아닌 같은 것입니다.

이 책의 1부에서는 '나'를 참으로 높고 위대하게 표현했습니다. 사실이 높고 정말 위대하지요. 완전한 존재와 거의 버금가는 그 자체임을 유감없이 표현하였습니다. 그런 '나'는 존재에서 왔습니다.

인간적인 표현으로 갓 태어난 아이는 '나'가 없습니다. 그냥 자존, 즉 스스로 존재할 뿐입니다. 어느 일정 시간이 경과되면서 그 누구에 의해서든 〈'나'라고 하는 '아'〉의 한계와 분별심을 가지면서 그때부터 '나'가 됩니다.

'존재'가 '나'가 되는 것이지요. 사실 '나'는 '존재' 그 자체에서 나왔기 때문에, 참으로 높고 정말 위대합니다. **비록 깨달음, 진리, 모든 것들의 진실을 다 가리고 있었지만,** 이 존재는 이 책 1부를 통해서 '나'의 중요성을 유감없이 다 설명하였습니다.

그 정도로 '나'는 참으로 대단합니다. 인간인 나의 능력이 그 정도라면, 존재의 능력은 가히 짐작이나 할 수 있겠습니까? 그것을 정확하게 밝히기 위해 1부에서 '나'를 주제로 많은 말씀을 드렸던 것입니다.

그 '나'는 존재에서 나왔습니다. **그러니 '존재' 그 자체의 위대성이란 감히 표현 불가일 수밖에요.** 이 삶의 모든 도덕 · 법규 · 규제 등등은 비록 내가 만들었지만, 그 '나'는 존재에서 나왔으므로 그런 모든 것들은 '존재'인 '신'이 만

든 것과 다름없으므로 존재로 있을 때도 그대로 그 영향은
다 받습니다.

'나'의 높고 위대함은 여기까지 만이고,

지금부터 여러분들은 '나'가 아닙니다.

'존재'입니다. 이미 완전하게 깨어 있는 '존재'입니다.

지금부터는 '나'를 확실하고 완전하게 다 내려놓으시고,

오직 '존재'로만 거하시고 자각하시길 진정으로 바랍니다.

이것이 바로 '의식전환'입니다.

그렇지 않으면 지금까지와 같이 여러분들은 삶이 몹시
고통(괴로움)스럽고 온갖 의문 · 의심에 휩싸여, 끝없는 사
후와 윤회에서 결코 벗어나지 못하는, 좀처럼 마음의 안정
을 기할 수가 없음을 분명히 밝힙니다.

당신은, 당신이 생각하는 그 의식으로 끝없는 윤회를 반
복하는 삶을 살아갈 수밖에 없습니다. 그 윤회의 수레바퀴
도 결국 당신 스스로가 만들었지만, 그래서 인간의 삶에서
는, 각자의 마음이 다 다르고, 그 마음 따라 생김새 또한
다 다릅니다.

무슨 일을 해도 되는 사람은 무엇을 해도 잘되고, 안 되는 사람은 되는 것을 골라서 갖다 줘도 안 되는, 그런 인과가 분명하게 다 작용하는 것이지요. 아무리 열심히 최선을 다해 노력을 한다 해도, 그 모양 그 꼴 그 신세밖엔 못 면합니다. 여러분들이 삶에서 흔하게 말하는 자기 업보, 카르마입니다.

전생에서 쌓아 놓은 그대로만, 그만치만, 그나마 쌓아 놓은 것도 없으면 신세타령만 하다가 끝나고 다음 생으로 똑같이 넘어갑니다. 전생에서 가졌던 자기만의 의식세계에서 살다가 또다시 그 의식세계에 빠져듭니다.

다 본인 스스로가 만든 삶의 인과대로 윤회하는데, 몇 번의 인과 즉 윤회를 거치다 보면 내가 '무아'임을, 삶이 '생각'임을, 진실의 그것까지도 다 망각해 버린 채, 나는 이렇게 멀쩡하게 있고, 삶의 과거 · 현재 · 미래가 다 연관되어 있는 것으로 완전하게 착각하고 삽니다.

1부 「삶」의 단원에서 말씀드렸지요?
태어나는 유형과 삶에서의 유형을 각각 3가지로 분류해서 말씀드린 것이 사후의 윤회에 대한 다음 생입니다.

보십시오. 갓 태어난 아이가 어디에 무엇에 영향을 받아 3가지로 분류되어 태어나나요? 사후 윤회 다음 생, 이런 모든 것들은 '나'로 있을 때, 내가 만든 의식의 상황들입니다.

'나'는 삶에서 과거·현재·미래뿐만이 아니라 시·공간 역시도 다 아우르면서 삶을 살아가고 있습니다. 그래서 전생·현생·미래의 생이 당신의 의식 속에는 한꺼번에 다 공존할 수도, 아니 공존할 수밖에 없는 것이지요.

마치 이와 같습니다. 어제의 모든 일들이 오늘의 모든 일들이 되고 오늘의 모든 일들이 내일의 모든 일들이 되듯이, 이 모든 일들 속에는 성격과 마음·생각·의식들이 그대로 고스란히 다 복사되듯이 똑같이 전해집니다.

이것이 바로 윤회를 있게 하는 요소 DNA가 될 수밖에 없습니다. 이런 모든 것들은 그 누군가가 아닌 바로 내가 만드는 것입니다. 그리고 거기에 다 빠져듭니다.

나에게는 어제·오늘·내일이 있지만, 존재는 어제·오늘·내일이 없습니다. 지금 여기 현재만 있습니다. 그래서 그런 것들의 영향을 절대로 받지 않습니다. 이제 그만 깨어나서 이 삶을 있는 그대로 똑바로 보십시오.

당신은 본래부터 완전한 존재 그 자체입니다.

지금부터라도 완전한 '신'으로서의 삶을 살아 보십시오.

당신은 지금부터 '존재'입니다.

'존재'는 완전함입니다.

처음엔 존재 그 자체로 거하기가 참으로 힘들 것입니다. 그간에 우리는 오로지 '나'로만 살아왔기 때문입니다. 그러다 보니 '나'로 길들여지고, 나에게만 모든 것들을 다 맡긴 삶을 살아왔습니다.

그런 '나'를 다 놓고 지금부터는 '존재'로 살아야 하는데, 그게 그리 말처럼 쉬운 게 아닙니다. 지금부터는 '존재'가 생활화되어야 합니다. 그러기 위해선, 존재가 입에 붙어 있어야만 하고, 무엇을 하든 존재의 자각이 항시 뒤따라, '존재'가 확실하게 되어 있어야만 합니다.

그러려면, 그 첫째가 바로 다음과 같은 말을 항상 중얼 거리다시피 하고 다니는 것입니다.

【존재 그 자체이다. 존재다. 이 존재.

나는 → 이 존재는, 내가 → 이 존재가】

한마디로 존재를 매 순간 자각하라는 것입니다.

존재는 Now 여기 현재 이 순간 찰나에만 있는 것이기에, 중얼거림과 함께 자기도 모르게 현재 그 자리에 항상 있게 되는, 스스로 자각의 상태가 저절로 됩니다.

'존재'라는 말이 떨어짐과 동시 어느새 존재의 자각을 하고 있을 것입니다. 굳이 존재를 별도로 자각해야 되겠다는, 그런 마음을 낼 필요가 없다는 것이지요. 이미 '존재'의 마음이 발동해 있기 때문입니다. 이것이 존재의 마음입니다.

'나'로 굳어진 내 생활 습관 모두를 '존재'로 변환시키는 것, '의식전환'을 하셔야만 합니다. 처음에는 많이 어색하고 금방 잃어버려 잘 안 될지라도, 차츰 숙달되면 아주 자연스러워지고 잘됩니다.

그 둘째가 의식 집중입니다.

존재의 자각이 최우선이고, 그다음으로 이 존재가 '신' 그 자체임을 매 찰나에 확신·자각해야 합니다. 처음에 '나'라고 하는 '아' 의식으로 내가 되었듯 완전한 '신'만을 의식하여 본래가 되어야 합니다.

〈사람은 본래 완전한 존재〉
〈이 존재가 완전한 '신' 그 자체이다〉를
매 순간 찰나에 입에 달고 사셔야 합니다.

그 셋째가, 그간에 '나'로 있을 때 꾸준히 해 왔던 선정, 반야를 위시해서 각종 수련·수행을 다 멈추는 것인데, 거기에서 오는 자괴감이 분명히 있을 것입니다.

즉 할 일이 없고, 허망하고, 모든 게 다 지루하고, 정말 이렇게 해도 되는 걸까 하는 또 하나의 의문·의심이 싹트면서, 아무래도 현 상황에서 그 무언가를 해야겠다는, 그 '나'가 다시 발동할까 봐 이 존재는 그것이 걱정입니다.

그렇게 되면 존재에서 다시 벗어나, '나'라고 하는 '아'가 당신을 좌지우지하게 되면서, 내 자리로 다시 돌아갈 수도 있는 것이지요. 내 자리가 바로 '나'입니다.

그간에 해 왔던 인간의 관념과 습성을 버리기가 정말 쉽지 않습니다. '존재' 그 자체가 되었는데도 그 사실을 전혀 인정하지 못하는 것을 극복하기란 참으로 힘듭니다.

무조건 인정·수용해야 합니다. 이래서 자각이 매우 중요합니다. 숙달되지 않은 '존재'를 자각하기란 여간 힘든 게 아닙니다.

시간상으로 단 1분만이라도
오로지 현재에만 의식을 집중해 보세요.

처음에는 아마 1분은커녕 단 30초도 못 버티고, 존재도
모르게 어느 순간부터 다시 내 생각에 잠겨 있을 것입니
다. 그동안 솔직히 '나'는 하루 24시간 중 단 30분이라도 오
롯이 나에게만 집중하는 경우가 그리 많지 않았습니다.

자기 맡은 일을 하면서도 온갖 잡생각만을 꾸준히 해 왔
기 때문입니다. 온갖 잡생각이 무엇입니까? 나의 지나간
과거로부터, 아직 올지도 어떻게 될지도 모르는 미래 그
리고 상상에 지나지 않습니다. 자기 자신을 한번 냉정하게
집중, 아니 자각해 보세요.

그것이 이미 습관·관습처럼 몸과 마음에 딱 달라붙어
있으니, 존재 그 자체로 집중·자각해 있기가 처음에는 여
간 힘든 게 아닙니다.

부처님께서 대각을 이루시고도 속세의 삶을 살지 않은
별도의 이유도 있지만, 속세의 삶을 살아갈 경우 인간의

때가 묻기 때문임도 있습니다.

인간의 때가 곧 '나'입니다.
'나'로 묶이면 '신'이 될 수 없습니다.

아무리 본인 스스로가 아니다 해도 '신'이 드러나지를 않습니다. 그래서 실제로 되지를 못하고 생각으로만 되었다고 느낄 뿐입니다. 사실 인간의 삶은 '나'라고 하는 '아'가 없으면 지탱해 나아갈 수가 없는 것과도 같습니다. 그래서 '의식전환'을 통해 존재를 꾸준히 자각해야만 합니다.

여기서 '존재'와 '나'를 비교 분석해 봅시다.
그러기에 앞서 잠깐 우리가 사용하는 언어와 문자에 대해서 살펴보겠습니다.
삶에서 우리 인간의 가장 큰 맹점이 무엇인 줄 아십니까? 바로 언어와 문자입니다. 인간은 이 언어와 문자로만 삶을 살아왔습니다. 물론 이 언어와 문자로 삶이 윤택해지고 보람되었지만, 다른 한편으론 삶이 참으로 힘들고 어려웠습니다. 바로 이 언어와 문자에 걸려 있는 삶을 살고 있기 때문입니다.

삶에서 무심코 뱉은 말들을 보십시오. 온갖 상스럽고 부정적인 말들을 많이 사용합니다. 언어와 문자 속에는 보이지 않는 행위가 도사리고 있습니다. 그 행위에 자신도 모르게 사로잡히는 경우가 참으로 많습니다.

자신 스스로에게 하는 한탄스런 말들, 상대의 마음에 큰 상처를 주는 말들, 안 된다, 힘들다, 죽고 싶다, 어렵다, 싫다, 한숨, 신경질적인 말투, 욕설…. 이런 언어와 문자가 자신뿐만이 아니라 상대까지도 어렵게 만들어 버립니다. 사람들은 이렇듯 언어와 문자에 걸리는 행위들만 해 왔던 것이지요.

특히 인간과 인간끼리의 관계에서 이 언어와 문자가 얼마큼 큰 고통(괴로움)을 야기시켰는지는 여러분들이 더 잘 아실 겁니다. 부부싸움의 제1원인이 바로 이 언어입니다. 아무것도 아닌 하찮은 말이 불씨가 되는 경우가 참으로 많습니다.

여기서 한 가지 크게 당부드리고 싶은 것은?

종교적인 법의 용어들에 집착하지 마십시오.

법의 용어들에서는 반드시 이래야 한다, 저래야 한다, 하지 않으면 안 된다에 걸리게 됩니다.

〈본래는 정해짐이 없습니다. 정해짐이 없기 때문에 자신의 삶에서 단 한 치의 앞도 알 수 없으며 있을 수도, 없을 수도, 이것일 수도, 아닐 수도, 시작과 끝, 정답 오답 옳고 그름, 된다 안 된다, 해라 하지 마라 등등 상대성 또한 없습니다.〉

완전하고 무한하며 대자유한 본래가 상대성적인 개념을 갖겠습니까? 상대성적인 개념은 인간인 내가 갖는 것이고, 그래서 사람들은 모든 것들에서 시작과 끝을 찾으려 온갖 의문에 의문을 쉴 새 없이 내고 있는 것입니다.

이것이 바로 '나'라고 하는 '아'의 한계와 분별심입니다. 근원을 시작을 계속해서 파고 묻고 질문하고를 끝없이 반복합니다. 그러다 보니 답을 낼 수 없는 허공성의 나, 그 무엇, 목전(目前), 신비로움 등의 말과 단어가 생겨나고 그것으로 마무리해 버립니다.

사람들은 자신의 삶 속에서도 자신과는 전혀 상관없는 일에 대한 말들을 90% 이상 하고 삽니다.

상대의 말을, 아니 스스로의 말을 한번 가만히 들어 보세요.

90% 이상이 본인과는 별 무관한 제3의 말들만을 열심히 하고 있습니다.

나중에 할 말이 없으면 자신의 삶과는 전혀 상관없는 정치 이야기, 지난 과거 이야기, 상대에게 들은 이야기, 심지어는 자신이 매일 보는 TV 연속극의 감독 · 편집 · 연출 · 주인공까지 본인이 직접 다 하기도 하지요.

언어와 문자 생각의 범위가 너무나도 넓고 깊으며 끝이 없습니다. 진짜 중요한 자신의 이야기는 전체 이야기의 단 10%도 안 됩니다. 삶 역시도 본인 스스로가 살아가면서도 삶에 휩쓸려 가듯 그냥 정처 없이 살아갈 뿐입니다. 오로지 집착과 욕망만을 내면서….

인간은 지금 여기 이 순간 현재에 대한
중요성을 너무 모르고 있습니다.
반면 존재는 지금 여기 이 순간 현재밖에 없습니다.

지금까지 언어와 문자가 생긴 이래로 가장 힘들고 어려

운 부분이 무엇일까요?

'나', 즉 내가 있어 거기에 상대되는 '너'가 자연적으로 생겨납니다. 이 '나'와 '너'의 상대성에 의한 관계가, 수많은 삶의 어려움들을 만들어 내게 된 것입니다.

삶에서 인간관계같이 어렵고 힘든 게 정말 없습니다. 모든 잘·잘못의 시발점이고, 선·악의 근본이며, 특히 분별심의 근원이고, 위에서 설명한 모든 집착과 욕망의 시작입니다. 표현력의 가장 중요한 핵심이면서도, 또한 인간을 가장 힘들고 어렵게 만드는 최초의 한 부분입니다.

'나'라는 단어!

단어적인 측면에서는 별것 아닌 것 같지만, 많은 사람들에게 불리고 본인 스스로도 인정해 버린 '나'라고 하는 '아'가 인간 개체인 내가 되었듯이 거기에 딱 묶이게 됩니다.

정작 그 본성이 신이고, 삶의 주체, 스스로가 완전한 그 자체, 내가 있어 삼라만상 일체전체가 다 있음을 알면서도, 그 행위는 인간 개체의 행만을 해 왔던 것이 바로 '나'입니다. '나'라는 이 단어가 모든 문제를 일으킨 것으로 보면 됩니다.

분명한 것은 존재로만 있으면

마음이 저절로 편안합니다.

존재 그 자체가 바로 완전함이니까요.

그냥 쉬면 됩니다.

공부할 게 없습니다.

그래서 수련·수행도 필요 없습니다.

존재와 나

'나'를 완전하게 다 놓고 '존재'로서만 있으라 하니까, 나를 존재로 대체한다고 보면 절대로 안 됩니다. 한마디로, 나와 존재는 모든 면이 완전하게 다릅니다.

여러분들이 다 알고 있는 깨달음으로 표현해 본다면?
【'나'는 깨달아야 할 대상이고,
'존재'는 깨달음과는 상관없는 완전함입니다.】

그래서 이번 단원에서는 나와 존재의 모든 실상을 다 펼쳐 보려 합니다.
'존재'라 표현하니까 삶에서 평범하게 들어 왔던 순수한 단어의 존재로만 알고 별로 크게 대수롭지 않게 여겨지지요?

하긴 그동안에 현생에서만도 몇십 년을 오로지 '나'만을, 내 위주로, 내가 주체로서 나와 단 한시도 한 찰나도 떨어져 본 적이 없는 '나'만의 삶을 살아왔는데, 거기에 윤회의 삶까지 넣는다면?

엄청난 세월 동안에 오로지 '나'로만 군림해 왔습니다. 사실은 그런 내가 없고, '존재'라 하니 믿음이 안 가시겠지요?

'나'란 원래부터 없었던, 인간 개체들이 만든 그들만의 가장 쉬운 한 표식에 지나지 않습니다.

본래 여러분들은 완전한 '신'입니다.
'무아'이고 '존재'입니다.

인간의 삶!
그 누구에게도 하소연할 수 없는 게 인간 삶입니다.
〈삶을 너무 비관적으로 보는 것이 아니냐?〉 말씀하시겠지만, 이것은 나로 있을 때의 상황을 말씀드리는 것으로서 사실 '나'로 있을 때의 삶은 비관적일 수밖에 없습니다.

그럼 존재로 있으면?
존재는 오직 지금 여기 현재 이 순간밖에 없으므로,
삶을 비관적으로 볼 이유가 전혀 없지요.

태어나서 지금까지 오로지 나만 믿고, 나를 의지하며, 그 나를 위해, 최선을 다했는데도 그 어떤 특별한 결론 난 것이 있습니까? 깨달으려 온갖 수련·수행을 다 했는데도 답다운 답이 나왔습니까?

"과학이 최첨단으로 발전하고 그러다 보면 언젠가는 베일에 싸여 있던 모든 것들이 다 밝혀지는 날이 오겠지?" 막연한 기다림 속에 당신 스스로는 사라졌다가 다시 태어나는 윤회만을 계속하는데, 윤회 속에서 필연으로 맞는 생·로·병·사의 모든 고통(괴로움)들, 또한 앞으로 닥쳐올 그 고통(괴로움)을 어떻게 감당하시겠습니까?

허공성의 나! 전체가 된 나! 목전! 법신불! 공! 처음자리! 법!

이런 모든 것들이 다 무엇에 필요합니까?

진정으로 말씀드리면 우리는 이미 그런 것들이 다 되어 있습니다. 단지 본인 스스로가 인정하지 않을 뿐입니다.

솔직히 지금 이 순간을 벗어난 다음이란 본시 없는 것입니다.

다 생각으로 이루어진 바람·기원의 미래에 조그마한 희망을 걸고 있지만, 그 또한 당신의 한 생각 아닙니까?

당신 현재 삶에서 너무나도 많이 겪어 온 바로 앞의 일들이 이루어지는 것을 그대로 경험·체험해 보신 적이 있습니까? 당신의 앞은 단 한 치도 알 수가 없습니다.

여느 때처럼 아침밥 잘 먹고 출근한 사람이 싸늘한 주검으로 다가온 바로 이 순간, 찰나적인 앞에 당신의 목숨이 끊어질 수도 있는 상황에서 그 알 수가 없는 것을 생각으로 꾸며 내 보았자, 다 허망한 그림 속 풍경에 지나지 않습니다.

그것을 여러분들은 삶에서 너무나도 많이 겪어 보지 않았습니까?

【사실 당신 현재의 삶도, 지금 여기 현재 이 순간밖에 없지 않습니까? 이 순간을 벗어나서는 당신은 존재한 적이 없습니다.

바로 직전인 미래, 바로 직후인 과거 그 삶이 당신에게
왜 필요합니까? 지금까지의 삶에서도 나를 인정하고, 진
심으로 마음속 깊이 나를 참회하고 찬송한 적은 바로 지금
여기 현재 이 순간밖에는 없었습니다.

'나'는 스스로가 '나'라고 인식할 때만 있었습니다.
그 인식할 때가 지금 현재 여기 이 순간이 아닙니까?
그것이 바로 '존재'입니다.

그 이외의 시간엔 다 삶 속의 일, 생각 속에서만 있었습
니다. 그 삶은 아무런 필요가 없습니다.】

아까, 이따가, 다음에란 분명히 올 수가 없습니다.
특히 존재인 상황에서는 말입니다. '존재'는 Now 여기 현
재 이 순간밖에는 없습니다. 당신은 Now 여기 현재 이 순
간에만 존재합니다. 과거에 존재한 적도, 미래에 존재할는
지도, 다 생각입니다.
존재에서는 내가 없습니다. 그래서 '무아'라 합니다. '존
재'는 오로지 지금 여기 현재 이 순간에만 있습니다.

존재는 실존이고 현존이며 자존입니다. 그래서 '존재'는 전체이고 모든 것이며 일체전체를 다 포함하고 있습니다.

존재는 유한하면서도 무한한데,
거기서 유·무를 따져서는 결코 안 됩니다.
유·무를 따지는 그것이 무엇입니까?
바로 인간 개체인 '나'입니다.

'나'만이 그런 모든 것들을 분석하고 따지고 옳고 그르고 시작과 끝을 찾고 있습니다. 왜 그러는 줄 아십니까? 바로 본인 스스로가 불완전하기 때문입니다. '나'라고 하는 '아'인 인간 개체에 머물러 있기 때문입니다.

인간 개체는 끝없이 추구하고 찾고 그래서 완전함을 이루려 합니다. 【사실은 본래 완전한데】말이지요.

이렇게 말씀드리면, 무엇이 완전하냐고 또 묻습니다. 정말 답답할 지경입니다. '나'를 갖고 안고 있어서는 그 무엇이든 안 됩니다.

그럼 '존재'로서 깨치고 그 무엇이든 해야 하느냐고 질문합니다. '존재'는 이미 완전한데 무엇을 또 깨치고 무엇을 또 해야 한단 말입니까?

　제발 무엇을 해야 하는 그
　'나'에게서 완전하게 벗어나십시오,
　'의식전환'이 필요한 때입니다.
　'나'에게서 '존재'로 '존재' 그 자체로만
　그냥 계십시오, 그러면 됩니다.

　깨달음에 익숙해져 있는 사람들은, "존재는 깨달음이 있느냐? 없느냐?" 묻습니다.
　지금 현재 여기밖에 없는데 거기에 무슨 깨달음이 있겠습니까? 위에서도 몇 번 말했지만, 이와 같은 것들은 다 '나'에 묶인 질문들에 불과합니다. 내가 하는 질문이라는 것입니다.
　이런 모든 의문에서 벗어나 있는 게 '존재'입니다.
　어떤 분은 "존재의 끝과 시작이 있느냐?"라고 질문하시는데, 모든 것의 끝과 시작이 곧 미래이고 과거를 말합니다. 지금 여기 현재밖에 없는 존재에 시작과 끝이, 미래가 어디 있고, 과거가 어디 있습니까?

우리 인간이 그동안 얼마나 '나'에 묶여 있었을까요?

'존재' 그 자체에서도 수련·수행법을 찾고, 전문으로 하는 수행처를 찾습니다. 존재 그 자체가 이미 완전함인데, 수련·수행이 왜 필요합니까?

이렇게 말씀드리면 "존재는 어디서 왔습니까?"를 묻습니다.

그 물음이 곧 '나'입니다. '나'는 꼬리에 꼬리를 무는 의문·의심을 끝없이 반복하여 일으킵니다. 나는 한마디로 의문·의심 덩어리입니다. 그렇다고 그 의문·의심을 알았다 해서 무엇이 해결되고 달라집니까?

'존재'는 지금 여기 현재 이 순간에만 있습니다.

그런 존재가 오긴 어디서 옵니까? 만일 다른 데서 왔다면 그건 존재가 아닙니다. 이미 왔다는 그 과거가 있기 때문입니다. 여기를 벗어나서는 존재가 아닙니다.

"그래도 존재가 어디에서 오긴 왔으므로, 존재라는 말이 생겨난 것 아니냐?"라는 바로 그 질문이 그간에 너무나도 깊이 묶여 있던 '나'의 습성에서 비롯된 의문·의심의 한 부분입니다.

나를 벗어나기가 이래서 정말 힘듭니다.

그럼 나에게서 벗어나고 '신'이 되면 무엇이든 마음먹는 대로 다 이루고 될 수 있을까요?

사실 존재로만 확고하게 있다면 충분히 가능한 일입니다. 오직 현존하기 때문에 미래가 없어 근심 · 걱정이 없고, 과거가 없어 불안함 · 죄의식 · 후회 · 원망이 없으며, 해야 한다, 돼야 한다, 하지 말아야 한다, 하면 안 된다 등등의 한계와 분별심에서 완전하게 벗어나 있습니다.

솔직히 '나'를 완전하게 다 놓는다는 것이 그리 만만하고 쉬운 일은 결코 아닙니다. 특히 언어 속에서, 언어의 상태에서는 매우 힘들고 어려울 것입니다. 그래도 반드시 해야만 합니다.

'나'와 '존재'를 똑같이 혹은 비슷하게 대체하는 단순함을 가져서는 안 됩니다.

가장 중요한 '존재'는 완전함이고,

'나'는 불완전의 연속입니다.

'나'에 머물러 있으면 모든 일에 해결도 안 되는

온갖 물음표(?)만 달고 다닐 뿐입니다.

'나'라고 하는 '아' 표식에서 완전하게 벗어나지 않으면 영원토록 윤회의 고통(괴로움)에서 벗어나지 못합니다.

'나'를 가지고서는 결코 존재를 정말 알 수 없습니다.

'존재'는 내가 완전하게 사라져야 드러나기 때문입니다.

'나'를 정말로 완전하게 다 놓고 끊어야 합니다.

조금이라도 가지고 있으면 '존재'는 결코 존립이 안 되고 생각으로만 존립할 뿐입니다.

'존재'에서 알아야 할 사항이 있습니다. 차원·실체·근원·뿌리·인류·역사 등등을 논하고 찾을 필요가 없다는 것입니다. 그런 것들은 다 '나'로 있을 때의 한 생각이고 의문·의심입니다. 삶에서 '나'라고 하는 '아'가 생겨나면서 전생 사후니 윤회니 그런 온갖 것들이 다 생겨난 것입니다.

그럼 차원·실체·근원·뿌리·인류·역사 등등은 존재에서는 없는 것일까요? 없는 것이 아니라 굳이 찾을 필요가 없다는 말입니다. 존재에서는 그런 것들이 무엇에 필요합니까?

나로 있을 때 나를 찾기 위한, 모든 것의 근원과 뿌리를 찾기 위한 것에는 꼭 필요할지는 몰라도, 지금 여기 이

순간 현재의 존재에서는 과거 · 미래가 필요 없기 때문입
니다.

현재의 주어진 삶에서는 오직 지금 여기뿐입니다.

지금 여기 현재에 없으면 없는 것이고,

없는 것을 굳이 찾을 필요까지는 없습니다.

'나'란 없습니다. 오직 '존재'뿐입니다.

나는 삶에서도 스스로의 집안 내력과 이력을 참으로 중
요시 여깁니다. 심지어는 무엇을 하든 대인 · 사회관계에
꼭 필요한 한 부분이 돼 버렸습니다.

어떤 집안의 내력을 가지고 있고, 어떤 부모에, 형제가
몇이고, 어디 학교를 나오고, 무엇을 전공했으며, 취미와
특기, 직업은 무엇이며, 언제 누구와 결혼했고, 자식은 몇
을 낳고, 무슨 종교를 믿고, 어떤 삶을 영위하는지 등 나의
온 이력이 다 필요합니다.

이것이 단적으로 지나온 과거 나의 실태입니다.

그렇다면 존재는 어떻습니까? 존재는 이런 이력이 없습
니다. 존재는 오로지, Now 여기 현재 이 순간밖에는 없었

으니까요. 그 어떤 이력을 낼 수도 없습니다. 또한 존재에서는 그런 이력이 전혀 필요 없습니다. **그런 지나간 이력이 현 삶에 무슨 영향을 끼치며 왜 필요합니까?**

그러나 '나'는 온갖 것들이 다 있습니다. 복잡할 정도로 숱한 일들이 어마 무시하게 다 있습니다. 지금까지 말씀드렸던 온갖 의문·의심이 다 있습니다. 그러면서도 사실상 모르는 것투성이입니다.

삶에서 어디에 취업을 하고 그 무엇을 하려 들면 지나간 이력이 반드시 필요합니다. 이런 복잡다단한 내가 무엇을 깨닫겠습니까? 아니, 깨달아지겠습니까?

존재! 단어의 말은 참으로 쉽고 별것 아닌 것 같지만,

【오직 '존재'로만 있기】그것을 행하기란 참으로 힘들고 어렵습니다.

인간의 딱딱하게 굳어 버린 사고(思考)를 고치고 바꾸기란 정말 어렵고 힘듭니다. 지금 당장부터 해 보십시오, 존재! 그 자체로만 있는 것이, 자각하는 것이 절대 만만치가 않습니다.

처음엔 이것만을 중점적으로 해야 합니다.

【꾸준한 존재의 자각】

이것이 수련·수행이라면 수련·수행이지요.

의식전환을 꾸준히 해야 합니다.

수련·수행을 통해서 깨닫는 것과, 꾸준한 존재의 자각·의식전환! 이 중 어느 것이 더 어렵고 힘들겠습니까?

참으로 간단하면서도 약간의 인내와 끈기가 필요한데, 자각만 하면 됩니다.

지금 이 책을 읽는 자가 누구입니까?

지금 배가 고파 밥을 먹는 자가 누구입니까?

지금 꾸벅꾸벅 조는 자가 누구입니까?

지금 변을 보는 자가 누구입니까?

지금 TV를 시청하는 자가 누구입니까?

지금 여기에 있는 자가 누구입니까?

'나'입니까? 그러면 잘못 가고 있는 것이지요.

'존재'입니다.

그렇다면 존재도 할 것은 다 하네요? 물론이지요. 그렇게 보면 존재도 복잡다단하고 어마무시한데요? 그렇습니다. 이렇게만 본다면 존재와 나의 차이점이 없질 않습니까?

위의 여러 질문에서 한 가지 느낀 점이 없습니까? 그걸 한번 찾아보세요. 바로 질문 앞에 '지금'이 붙습니다. 존재는 지금에만 있는 것입니다.

지금이 지나면 존재 그 자체는 없습니다.

지금 여기에서만 실재하므로 실존하고 있습니다.

지금 여기에서만 행위하므로 현존하고 있습니다.

지금 여기에서만 항상 스스로 자존하고 있습니다.

이것이 존재와 나의 차이입니다.

사실 우리는 본래부터 완전한 존재 그 자체였습니다.

그런데 정작 본인 스스로가 완전한 존재임을 모르고 '나'로 살고 있었던 것입니다.

여기서 완전함이 무엇입니까? 무엇을 완전함이라고 합니까?

'무아', 즉 존재 그 자체로 있을 때 우리는 완전합니다.

바로 지금 현재 여기 이 순간에 우리는 완전함으로 있습니다.

그것이 존재입니다. 그래서 존재를 완전한 그 자체라 하는 것입니다.

결론적으로, '나'의 본성은 참으로 위대합니다.

그 본성 역시도 존재에서 나왔습니다.

그러나 그 '나'를 가지고서는, 그 내가 있는 한, 아무것도 안 됩니다. 본래 '신'인 당신에게, '나'라고 하는 '아'의 인간 한계를 지어 주었듯이, 존재를 인간 개체인 '나'로 스스로가 가두어 버린 꼴이 돼 버렸습니다.

존재는 'NOW' 즉 지금 여기 현재에만 존재합니다. 이것이 바로, 있는 그대로의 실존입니다. 더하지도 빼지도 않은 존재 그 자체로만 있습니다.

'나'란 원래부터 없었습니다. 없는 나를 만들다 보니 온갖 고통(괴로움)이 다 생겨나고 뒤따르며, 그 고통(괴로움)에서 벗어나려 출가며 깨달음을 찾아 참으로 많은 세월 동안 방황했던 것입니다.

이것이 결국 윤회인 것이지요. 나를 안고서는, 가지고서는, 해탈이나 깨달음은 말짱 다 물 건너가는 것입니다.

'나'에 매여 있으면 본인 스스로가 완전한 그 자체임을 전혀 모릅니다. 깨달아 그 무엇이 되어야 하는데, 되고 보니까 그 역시 나입니다. 나로 다시 돌아온 것입니다.

솔직히 얻은 게 없습니다. 왜 얻은 게 없을까요? **이미 완전한데 얻을 게 또 뭐 있습니까? 나는** 얻은 게 없으니까 또다시 의문·의심을 내고, 새로운 수련·수행처를 찾아 이곳저곳을 기웃거리다 한평생을 다 보냅니다.

남는 것이라곤 법의 알음알이만 잔뜩 높아 그때부터 자기 혼자만의 도를 펴기 시작합니다. 수련·수행을 많이 해 본 사람들은 이 말에 조금이라도 동감할 것입니다.

도는 진리는 결코 절대로 그런 것이 정말 아닙니다. **눈앞에 다 드러나고, 확실하며, 조금도 숨김없는, 그대로의 진실입니다.**

언어로 그럴싸하게 꾸며 내는, 보이지도 않는 허공성을 잡고 이러쿵저러쿵하는 게 아닙니다. 있는 그대로의 드러남이고, 그 드러남 역시 남녀노소 그 누구든 다 보고 듣고 느낄 수 있는 이 '존재'입니다.

지금 여기 이 순간만을 보십시오.

이것이 바로 참진실입니다.

그것이 바로 '존재'입니다.

'나'라고 하는 '아'가 없었던 어린 갓난아이 때, 그리고 매일 꿈도 꾸지 않은 깊은 잠 속 빼놓고는 '나'를 벗어난 적은 단 한 찰나도 없었습니다. 항상 내가 있었고, 그 내가 모든 것들을 다 주관하고 있었던 것입니다.

나에게서 벗어나지 않으려 안간힘을 쓰는데 그렇다면 '나'가 도대체 무엇입니까?

부처님의 '무아' 사상은 '나'란 본래 없다는 사상입니다. '나'는 없습니다. 내가 없기 때문에 나와 연관된 모든 것들 또한 다 없습니다. 나뿐만이 아니라 내가 의도하는 것, 내 생각, 내 의식, 내 마음이 다 없습니다.

중요한 것은 '나', '내' 이것이 붙는 것들은 모두가 다 없습니다. 이 말은 '나', '내'가 붙는 언어나 문자들은 진리가 아니라는 의미입니다.

진리를 밝힘

―

이 존재는 이 책에서 '오고 감', '있다 없다'라는 용어를 많이 사용했습니다. 사실 본래는 이러한 표현을 할 수가 없습니다. 본래는 항상 【있음】으로만이 존재하기 때문입니다.

그 표현 방식이 신, 사람, 메시아, 인간, 나, 악마 등등 그때그때마다 상황에 맞게 표현했을 뿐이지 이 단어·용어는 결국 같은 본래에서 나왔습니다. 또한 법의 용어로서 마음, 진공묘유, 주시자, 찰나, 일여, 전체, 개체, 우주 등등으로 표현한 것 역시도 마찬가지입니다.

한 예로 '일여'라 함은 '본래 하나'라는 뜻으로서, 법의 대다수 용어가 사람을 기준으로 각기 다르게 해석될 수도 있지만, 결국엔 사람 그 자체에서 이루어지는 것으로서 주체인 사람은 결코 절대로 달라지지도, 달라질 수도 없다는 의미입니다.

의식은 마음의 한 부분으로서, 의식전환이란 본질은 그대로 있고 상(相)이나 마음의 씀씀이가 변화되는 것을 말합니다. 이 점 유념하시면 이 책을 이해하는 데 많은 도움이 될 것입니다.

진리가 무엇인지는 본서의 첫 장에서 간단하게는 말씀드렸습니다. 그런데 인간은 이 사실까지도 믿지를 못하고 "어떻게 내가 진리 그 자체이냐?"를 묻고 또 묻습니다.

여기에서 진리에 대한 개념을 확고하게 짚고 넘어가 보도록 하겠습니다.

그 첫째가, 하나님·부처님·신·사람·인간·중생·피조물·악마 등등의 용어는 간단하게 내가 있어 그 용어들이 있는 것이 아니겠습니까?

결국 그 용어들은 내가 다 만들어 붙였다 해도 과언이 아닙니다. 내가 없다면 그런 용어들 또한 없습니다. 여기서의 '나'는 개별적인 나 혼자만이 아닌 여러분 모두 각각 개체적인 입장에서의 나를 총칭해서 부르는 호칭입니다.

진리라는 용어는 맨 처음 어디에서 비롯되었을까요?

우리들의 삶 속에서 좀 더 깊이 들어가면

종교에서 비롯되었습니다.

그렇다면 종교는 누가 만들었습니까?

그것 또한 내가 만들지 않았나요?

내가 이 삶에 있었기 때문에 내가 만들었습니다.

만일 내가 이 삶에 없었다면 종교도 그런 용어들도 다 없을 수밖에요. 꿈도 꾸지 않는 깊은 잠 속에 위와 같은 것들이 단 하나라도 있습니까?

없습니다. 그런데 잠 속에서 깨나면 모든 것들이 그대로 다 있습니다. 있고 없고를 벗어나 내 중요성의 대단함을 못 느끼시겠습니까?

만일 꿈도 꾸지 않는 깊은 잠 속에서 깨나지 않으면 위와 같은 모든 것들도 다 같이 깨나지 않습니다. 있었는지 없었는지도 전혀 알 수 없이 깊은 잠 속으로 계속해서 빠져들어 간다면, 그 자리는 어떤 자리가 되겠습니까?

나 박 아무개라는 것도 완전하게 끊어진다면, 그것이 바로 적멸입니다. 적멸된 상태! 이 정도로 나는 참으로 이 삶에서는 매우 중요합니다. 그래서 이 존재는 진리라고 표현하는 것입니다.

그 둘째로, 하나님·부처님·신·악마 등등이 어디 별도로 있는 것인가 하면, 아닙니다.

그럼 어디에 계십니까? 나를 벗어나 어디 별개로 계시는 게 아니라, 내 안에 다 계십니다. 그래서 사람인 인간인 내가 바로 '신'도 악마도 될 수 있는 것입니다.

위에서 말씀드렸듯 내가 있어 있고, 내 안에 계시고, 결국 나를 벗어난 진리란 있을 수 없음을 진정으로 알 수 있습니다.

여기서 가장 중요한 부분을 한 가지 말씀드리고자 합니다. 진리라는 이 단어에 인간은 아주 민감한 반응을 보입니다.

종교에서 나온 단어이지만 대다수 '신'들에게만 붙여지는 고유명사라고 생각하면서, '진리' 하면 '신'을 연상하게 되는데, 사실 전적으로 틀린 말은 아닙니다.

앞장에서도 몇 번 언급하였지만 사람인 인간인 나는 본래 완전합니다. 완전함으로 왔는데 그 무엇에 누구에 의해서인지 어느 날 갑자기 인간 개체인 '나'라고 하는 '아'에 빠지면서 한계와 분별심을 갖고 사람인 인간의 삶을 살아가게 됩니다.

그 인간의 삶은 한마디로 히틀러와 같은 인간 말종의 살인마, 악마의 짓거리를 할 수도 있게 되며, 또한 '신'으로 거듭나면 부처님이나 예수님과 같은 대성인으로 인류 구원에 앞장서기도 합니다.

즉, 진리가 사람인 인간인 나로 삶을 살아갈 수도 있고,

진리가 의식전환을 통해서

'신'의 삶을 살아갈 수도 있다는 말입니다.

결국 사람 · 인간 · 나 · 본래 · 신 · 악마,

이 모든 것이 다 진리입니다.

단지 진리가 의식전환을 하느냐 안 하느냐에 따라서

그 삶이 완전하게 바뀐다는 말이지요.

사람 · 인간 · 나는 뭉뚱그려 하나인 '나'로 본다면, 내가

의식전환을 하면 '신'으로, 내가 인간 이하의 행위를 하면 짐승 같은, 짐승보다도 못한 악마로서의 삶을 살아간다는 뜻입니다.

지금까지 많은 사람들이 알고 있는 진리가 반드시 '신'만을 뜻하는 게 결코 절대로 아니라는 말입니다. **사람 인간의 본래가 '신'이라는 뜻에서, 진리가 '신'으로만 표현된 것뿐입니다.**

이 존재가 이 부분에 대해서 이렇게 깊이 있게 설명하는 이유가 있습니다. 지금까지 인간이 진리에 대해서 그릇된 인식을 갖고 있는 데서 비롯된 '신'과 '인간'의 관계를 확실하게 해 드리기 위한 큰 목적 때문입니다.

앞에서도 누누이 말씀드렸지만, **사람이 이 삶에 태어나는 목적이 무엇 때문이고 왜 태어났을까요? 그것은 윤회에서 벗어나 '신'의 삶을 살아가기 위함입니다. 본래 우리가 '신'이기 때문입니다.**

깨달음이 왜 있는 줄 아십니까?

바로 인간이 '신' 그 자체임을 알려 주고,

또한 '신'의 삶을 살아가게 해 주기 위한 길 · 방향을

제시해 주기 위해서 있는 것입니다.

그 깨달음이 예전에는 아날로그 방식으로서 손수 스스로 내가 '신'임을 알고 '신' 그 자체가 되기 위해 깨달아야만 하는 이중고를 겪어야 했지만, 지금은 디지털 방식으로 아주 쉽고 빠른 이미 신 그 자체임을 알았으니, 되는 깨어남에만 중점을 두었다는 것입니다.

전자는 깨닫느라고 신의 삶을 살지 못했지만, 후자는 신의 삶을 살아가면서 신이 자연적으로 된다는 것. 이 차이는 말로 표현키 어려울 정도로 너무나도 큽니다.

본래의 '신'으로 회귀하는 게 가장 중요합니다.

【인간인 내가 완전히 사라지고 본래인 '신'으로 거듭나는 것】

여기서의 거듭남이 '신'으로의 회귀입니다.

너무나도 쉽고 아주 간결하게 말씀드렸는데, 비록 표현 방식에서는 약간의 차이들은 있겠지만, 이건 불교뿐만이 아니라 모든 종교가 다 지향하는 부분입니다. 이 안에 '무아'와 '신' 그 자체가 되어 있음이 다 포함되어 있습니다.

여기서 사람들이 말하고 알고 있는 깨달음과 부처님의 깨달음, 그리고 깨달음 이후의 행적을 이 존재의 관점으로 설명해 보겠습니다.

우선 사람들이 알고 있는 깨달음에 대한 관념부터 말해 봅시다. 형이상학적이고 추상적인 신비로움 같은 것은 전혀 없습니다. 그런 마음을 내지 마십시오. 깨달은 사람들의 행실은 여느 사람들과 다 똑같습니다.

출근도 해야 하고, 오늘 장사에 필요한 물건을 시장에서 사 와야 합니다. 깨달았다고 손님들이 벌떼같이 막 몰려오지도 않습니다. 평상시와 똑같이 파리들만 날릴 수도 있고, 일을 잘못하면 상사에게 꾸지람도 받습니다. 몸이 병에 걸릴 수도 있고, 사고로 장애를 입을 수도 있습니다.

본인 스스로의 행을 빼놓고는 외부에서의 일은 하나도 달라지지 않습니다. 본인 스스로가 말하지 않고 특별한 행위를 하지 않는 한, 다른 사람들은 전혀 알아보지도 못합니다.

그렇다면 내가 '신' 그 자체라면 왜 신의 완전함과 대자유함, 무한함이 나오지 않느냐고 반문하시겠지요?

'내'가 모든 것을 다 가리고,

중생으로 삶을 살아가고 있기 때문에

중생의 행만, 중생의 생각만,

중생의 의식만이 나오는 것입니다.

그러니 완전함이, 대자유함이,

무한함이 나올 수 있겠습니까?

한마디로 그런 것들을 오로지 '신'들만이 누리는 것으로 알고 있어, 그동안 주야장천 깨닫고 '신'이 되려고 발버둥친 것입니다.

부처님께서 수많은 공부법 중에 왜 고통(괴로움)인 4고·8고만을 중점적으로 고성제를 위시한 4성제의 공부법을 펴냈겠습니까? 그 이면에는 **사후와 윤회에서의 해탈 그리고 '신'이 되는 것이 가장 중요했기 때문**이라 이 존재는 보고 있습니다. 4성제의 마지막 도성제가 바로 이 부분을 말해 줍니다.

도에 이르는 열반이 무엇입니까? 결국 인간 모든 고통(괴로움)인 삶에서의 영원한 해탈과 '신'이 되는, 이것이 바로 열반입니다. 사후 윤회의 끝이고, '나'라고 하는 '아'에서

의 영원한 끝이며, 본래의 자리로 회귀하는 '무아'인 '신'이
확실하게 되는 것입니다.

완전하고 '신'인 이 '존재'는

모든 것들에 보호를 다 받습니다.

왜일까요?

바로 하나님 · 부처님 · 신 그 자체이기 때문입니다.

'무아'로서 내가 없는 삶임을 진정으로 알고,

'신'임을 확신하고, 스스로 본래의 자리로

회귀할 수 있다는 것을 알기 때문에,

더 이상 인간인 나로 물들지 않습니다.

이것이 바로 완전함이고

대자유하며 무한가능성의 존재입니다.

진짜 '신'이 한번 돼 보십시오.

오로지 많은 사람을 살리고 인도하는 그 일만 생각합
니다.

어떻게 그렇게 변하는지, 정말 이 존재 스스로가 생각해
도 묘합니다. 이것이 바로 '신'의 마음입니다.

그동안 인간은 깨달으면 본래의 신이 된다는 것만 알고 있었지, 실제로 신이 되지는 못했습니다. '신'이 되지를 못했기 때문에 '신'의 삶이 나오지 못하고 깨닫기 전과 똑같이 오로지 나와 내 가족만의 영위를 위해 열심히 최선을 다해서 모으는, 가짐에만 온 심혈을 기울이는 삶만을 살아왔습니다.

심지어는 참으로 성스러운 종교적 영적 수단을 개인 영리 목적으로 이용하는, 그분들의 깨달음을 과연 어떻게 보시는지요?

'존재'를 '나'의 대용으로 여기거나 생각해서는 절대로 안 됩니다. 존재는 하나님 · 부처님 · 신을 대변하는 표현 방식입니다.

【크게 한번 죽었다가 살아나는 것】

흔히들 이렇게도 말들 하고 있지만, 크게 한번 죽는다는 게 바로 '무아'가 되는 것이고, 다시 살아나는 것은 '신'으로의 거듭남입니다.

나 없음의 삶!

말씀드리지 않아도 너무나도 잘 알고 있는 삶 아닙니까?

존재인 여러분 스스로가 다 알아서 내는 삶이라 어떤 정해짐은 없습니다.

지금부터는, 아니 이 시각 이후로는, 오직 하나님·부처님·신인 존재만을 자각하면서 존재만의 삶을 그냥 살아보십시오. 그 자각과 삶이, 지금 여기 현재 이 순간 찰나에만 있는 자각이고 삶인 동시에 하나님·부처님·신인 삶입니다.

힌두교의 고행이 얼마나 대단한지는 여러분들도 익히 다잘 아시리라 믿습니다. 그야말로 죽음 일보 직전까지 가는 고행입니다.

부처님께서는 그런 고행에서도 내가 완전하게 사라지고 없어지지 않았습니다(이 부분은 어디까지나 이 존재의 한생각일 뿐입니다). '나'에게서의 사라짐이 이렇게도 어렵고 끈질깁니다.

이제 '존재'로서 '존재'의 삶만 살면 됩니다. 지금 이 시각 이후부터는 진리나 깨달음 등등의 말들은 절대로 하지 마세요. 특히 법에 대한 용어들에 집착해서는 안 됩니다. 오로지 존재입니다.

존재의 자각

——

존재에 대해서는 지금까지 어느 정도 다 말씀드렸습니다. 존재 그 자체가 완전하게 되려면 존재의 자각이 반드시 필요합니다.

사람들은 태어나서 어느 때부턴가 그 무엇에 의해서인지 자기 자신을 나약하고 부족한 인간으로 여기면서 삶을 살아가게 됩니다. 그 이유가 어디에 있다고 보십니까? 이 존재 개인적인 생각으로는 아마도 종교에 의한 영향 때문이라 봅니다.

외적인 종교에서는 구원을! 내적인 종교에서는 깨달음을!

구원을 받고 깨달음을 이루지 못하는 한, 영원히 신의 피조물로서 중생으로서의 삶을 살아가야 한다는 압박감이 생기면서 자기 스스로를 아주 나약하고 부족한 인간으로 전락시켜 버리고 말았습니다.

그렇다면 구원과 깨달음을 받고 이루기가 그렇게도 힘들고 어려운 걸까요? 그건 받아들이기에 따라서 다르다 봅니다.

깨달음 하면 무조건 수련·수행을 통해 스스로가 깨달아야 한다는 논리, 또 구원 하면 나는 원죄를 가진 인간이기에 무조건 회개하고 구원을 받아야 한다는 논리가 있습니다.

구원 쪽으로만 본다면 인간이 지은 원죄를 이미 예수님께서 손수 십자가를 지시고 원죄의 보속을 다 받았다는 것이지요. 이미 '무아'가 되어 있습니다.

예수님께서 원죄의 보속을 다 받았으므로 이미 인간은 구원되어 있고, 오로지 주님만을 열심히 믿고 따르며 '신'의 삶만 살면 됩니다.

그럼 깨달음은 어떻게 해야 하느냐? 이미 본래가 완전함 그 자체임을 알았고 '무아'가 되었으니, '나'에게서 '존재'로 '의식전환'을 통해 '신'으로, 자각만을 꾸준히 하면서 존재로서의 삶을 살아가기만 하면 되는 것이지요.

이미 완전한 '신' 그 자체로서의 삶을 사는 것이 존재의 자각입니다. 기존 깨달음의 대혁신이라 보면 됩니다. 완전한 신 그 자체로서의 존재로 삶을 사는 것입니다.

존재의 자각!
〈사람은 본래 완전한 존재〉임을
꾸준히 자각하는 것으로서,
'나'를 완전하게 다 놓고
존재만을 꾸준히 자각하는 방법입니다.
존재는 지금 여기 이 순간 찰나 현재에만 있습니다.
이것이 바로 【참진실】입니다.

【있음】의 중요성은 앞에서 다 말씀드렸지요?

진리, 삼라만상 일체전체 모든 것의 근원, 근본, 실상을 의미합니다. 【있음】의 표현이 【존재】입니다.

삶에서 가장 소중한 시간 또한 바로 지금 여기 이 순간이 아닙니까? 여기서 모든 것들이 다 이루어지고 결정되어 당신의 삶을 좌우합니다. 존재는 바로 지금 여기 이 순간 찰나 현재만을 계속 자각합니다.

여러분들이 해야 할 일은?

그냥 이 존재만을 자각하기만 하면 됩니다.

이 존재가 지금 당장에 하고 있는 행위, 일거수일투족만을 자각하는 것입니다. 처음에는 습관이 안 돼서 많이 힘들고 놓치는 경우가 많겠지만 점차로 익숙해지면 아주 자연스러워지고 저절로 그냥 됩니다.

존재는 전체와 개체가 항상 합체·계합된 상태입니다.

보는 놈을 보는 자! 전체가 개체를 항상 주시하는 주시자!

일여가 그냥 됩니다. 그러다 보면 항상 '신'임을 느낍니다. 그래서 '무아'라고 합니다. 이 존재가 곧 신이기에 겸손합니다.

그리고 지금 여기에만 있어 지나간 과거에 지은 죄의식이나 미래에 닥쳐올 불안한 근심·걱정 등이 없어 항상 즐겁고 편안합니다.

나로 있을 땐 지난 죄의식과 닥쳐올

불안한 모든 것에 미리 걱정하는

고통(괴로움)의 나날을 보내고 있었지만,

존재에서는 그럴 필요가 전혀 없습니다.

지난 죄의식은 이미 지나간 것이고, 미래에 닥칠 걱정은 그때 닥쳐 봐야 알 일이므로 현재에만 충실하고 집중만 하면 되는 것입니다.

그러다 보면 닥쳐올 근심·걱정 또한 중간에서 스스로 해결되어 실제로는 닥치지 않는 경우가 참 많습니다.

그래도 닥쳐와 근심·걱정하는 것은 그 짧은 순간이고 지금 여기이지만, 미리부터 근심·걱정하는 그 순간부터 끝날 때까지 해야 하니 얼마나 길고 힘들겠습니까? 삶의 걱정이 많아질 수밖에 없어 그간의 삶이 힘들고 어려웠던 것입니다.

지금 여기 현재에만 모든 의식을 집중하다 보면, 신기하게도 스스로가 잘 처리됨을 정말 느낍니다. 존재가 바로 하나님·부처님·신 아닙니까? 존재가 바로 당신 스스로입니다.

당신은 존재만을 꾸준히 자각하고,
주어진 일만 충실하게 최선을 다하기만 하면 됩니다.
우리가 이 삶에 온 목적이 바로 이것 아닙니까?
존재로서 삶을 풍요롭고 진실되게 잘 살기 위해서입니다.

존재로 있으면 사후니 윤회는 결코 절대로 없습니다. 존재 그 자체가 신인데 신이 무슨 사후와 윤회가 있단 말입니까?

항상 이 존재만을 자각한다는 것은 본인 스스로가 하나님 · 부처님 · 신 그 자체임을 자각하는 것입니다. **존재만 자각하고 그냥 살아 보십시오. 분명히 달라집니다. 모든 것들이 당신을 보호하고 있다는 사실을 정말로 알게 됩니다.**

사실 인간의 삶은 인간 스스로가 절대로 해결해 나갈 수 없습니다. 신이 보살펴 주고 보호하지 않으면 무슨 일이든 안 됩니다.

이렇게 말씀드리니까 '신'이 어디 별도로 있다는 뜻이 결코 아닙니다. 존재라는 이 용어와 칭호가 바로 '신'임을 만방에 '고'하는 것으로서 '존재' 스스로가 '신' 그 자체이므로 모든 것들이 다 보호한다는 뜻입니다. 존재의 자각이 이렇게도 중요합니다.

이미 〈사람은 본래 완전한 존재〉이기에 별도의 어떤 행위가 필요 없이 '신'의 행인 지금 여기 이 순간 현재만을 꾸준히 자각하기만 하면 됩니다.

참으로 외람되고 정말로 죄송한 말씀이나, 기존의 명상·선정의 방법은 이제 그만 다 접어 두세요.

또한 습관을 고치기란 참 어렵습니다. 이 존재의 말속에 '나(저)'를 사용하지 말아야 하는데, 이 자각이 참으로 힘듭니다.

있는 그대로의 삶 속에서 행위하는

이 존재만을 지금 여기 이 순간

현재에 꾸준히 자각만 하는 것,

이것이 진정한 명상 · 선정입니다.

다음으로, 이 존재의 순수한 관점으로 본 열반과 적멸에 대해서도 이 존재의 소견을 말씀드립니다.

존재가 보는 열반과 적멸

—

우선 본 단원에 들어가기 전 삶은 의식계의 삶임을 분명히 말씀드립니다. 물론 깊은 잠에 드는 무의식계도 포함은 되어 있지만, 중요한 것은 의식인 상황에서 무의식을 논할 수는 결코 절대로 없다는 것입니다.

의식계는 의식에서 끝나는 것이지 무의식계로 들 수가 없다는 뜻으로서, 사후나 열반은 현 의식으로 그 자리를 절대로 들 수 없다는 말입니다. 이 점을 깊이 유념하시고 이 단원에 들면 이해하는 데 많은 도움이 될 것이라 봅니다.

열반의 그 상태를 〈이것이다〉라고 속단해서는 절대로 안 됩니다. 사실 사후에 대해서는 그 누구도 갔다 와 볼 수도 없고, 아주 예민한 사항이라 누구도 결코 절대로 확답을 내리거나 장담할 수는 없습니다.

　인류 구원의 대성인들의 말씀이나 행위 그리고 우리 현 삶에 의존할 수밖에 없습니다.

　예수님은 3일 만에 부활을 손수 보여 주시고 40일 뒤 살아 승천한 것으로 교리에는 나와 있습니다.

　부처님은 7일 만에 대각을 이루시고 세속을 벗어나, 평생을 제자들과 탁발로서 사성제의 법만을 설하시고 열반에 드셨습니다.

　이 두 분의 공통점이 무엇일까요?

　바로 〈죽음〉이라는 용어가 없다는 것.

　예수님은 살아 승천하셨고, 부처님은 열반에 드셨습니다.

　승천과 열반은 나 없음의 상태에서만 가능하다는 것이지요.

　여기서 나 없음의 상태란?

　인간의 의식이 아닌 신의 의식을 말합니다.

　지금까지 말씀드린 〈존재〉 그 자체를

　의미하는 것으로서 살아 있음입니다.

살아 있는 존재 그 자체로,

즉 【있음】으로 승천 · 열반하신 것이라는 뜻입니다.

승천 · 열반에 드셨다는 것은 '무아'로서, 즉 나 없음인 【있음】으로써, 한마디로 승천 · 열반은 죽음이 아니라 '무아'의 개념이라 이 존재는 봅니다.

존재에서는 죽음이라 표현하지 않고, 승천 · 열반에 드셨다 표현합니다. 승천과 열반의 표현이 일반 사람들에게는 죽음을 의미합니다.

이 존재는 우리들 삶 속에 모든 진실이 다 숨겨져 있다고 말씀드렸습니다.

깨어남이 무엇입니까?

본래의 자리로 회귀하는 것입니다.

본래 그 자리에 회귀하여 드는 그것이 바로 열반입니다.

꿈도 꾸지 않은 깊은 잠 속!

그 상태가 바로 나 없는 '무아'의 상태이고

존재로서 적멸된 열반에 든 상태라 봅니다.

그 어떤 법으로도 그 자리는 인간의 생각이나 상상으로도 미칠 수도, 들여다볼 수도 없는 무의식의 자리임을 이 존재는 보고 있습니다. '나'라고 하는 '아'의 삶 자체가 의식계로서 순간의 행복과, 고통(괴로움)들이 교차하는 곳임을 이 존재는 말씀드립니다.

존재는 살아 있는
하나님이고 부처님이며 신입니다.
또한 완전함입니다.

〈사람은 본래 완전한 존재〉라 했습니다. 존재는 완전한 신이고 깨어나 있기 때문에 반드시 열반에 든다 말씀드립니다. 그래서 존재로서의 죽음은 열반입니다.

반면, 존재를 인정하지 않는 '나'는 죽음입니다. 〈사람은 본래 완전한 존재〉임에도 불구하고 나를 존재로 대체한다든지, 나를 끝끝내 놓지 못하는 '나'의 상황에서는 결코 절대로 열반에 들지를 못하고 죽음의 윤회 속에 다시 빠지게 됩니다.

죽음은 '나'로서 깨어날 때까지

윤회를 계속하면서 의식계로 있는 것이고,

존재는 열반에 듭니다.

열반은 무의식계로서 적멸의 상태입니다.

이 존재의 최종적인 열반에 대한 개념은?

존재의 자각과 함께 주어진 삶을

재미있고 즐겁게 충실히 살다 그냥 닥친 그대로

아무런 미련 없이 조용히 가면 됩니다.

이것이 【열반】에 드는 것이라 보고 있는데, "어디로 가냐? 사후가 어떠하냐?" 등등의 의문은 어디까지나 살아 있는 '나', 즉 의식계인 인간의 의문이고 한 생각일 뿐입니다.

이 존재는 진실을, 어떤 상상 생각의 형이상학적으로 찾으려 하지 마시고, 우리들의 삶 속에서 벌어지는 모든 것에서 찾으라 말씀드립니다.

〈꿈도 꾸지 않는 깊은 잠 속 '무아'의 상태〉

여기가 바로 열반·적멸의 자리이고 신의 자리라 이 존재는 확신합니다.

거기서 일어나는 그다음의 모든 것들은 인간의 현 사고(思考)·관념으로는 전혀 알 수가 없는데, 알려고 하는 그 짓거리를 바로 내가 하고 있습니다.

부처님의 최종적인 도성제에서의 열반의 법을 말씀하신 그 연유가 어디에 있다고 보십니까? 제발 의식계의 상황에서 무엇인가를 만들려 하지 마세요.

삶이 사실 그렇지 않습니까? 만드는 것이 바로 윤회에 빠지는 것입니다.

진정한 열반은 '적멸'인 의식계인 의식의 끝이 아닐까요?
굳이 열반을 의식계인 인간의 관념으로 표현한다면?
'나'라고 하는 '아'의 몸을 전혀 갖지 않은 순수한 그 상태!

부디 인간의 관념과 사고로 그 자리를 만들고 상상하지 마세요. 그런 모든 것들을 다 벗어나 있습니다.

【적멸】
인간은 왜 잠에서 꿈을 꾸고 있을까요?
꿈은 깊은 잠 속이 아닌 얕은 잠 속, 즉 깨 있음의 생각 상태일 뿐입니다. 이 존재는 바로 적멸이 있음을 말해 주는 것이 아닐까 봅니다. 꿈을 꿈으로써 잠에서 깨나 적멸이 있음을 알게 되는 것이지요. 티끌만 한 그 무엇 하나도 없는 완전함, 모든 번뇌가 다 사라진 상태!

사실 말로는 이렇게 표현하고 있지만, 이건 어디까지나 인간 관념적인 표현일 뿐입니다. 인간의 사고와 관념을 초월한 이것을 깨달음에서 온다고들 생각하고 말들 하는데, 결코 정말로 그렇지 않습니다.

존재 그 자체가 번뇌가 없듯이, **꾸준한 존재의 자각에 의해서 적멸 그 자체가 저절로 됩니다.** 솔직히 존재라는 것도 존재하지 않는, 완전한 소멸, 완전한 적멸, 완전한 죽음인 열반입니다.

빛이 있고 신세계 등등은 깨나서의 다 인간 개체 각자의 상상입니다. 초월도 아닙니다. 굳이 표현한다면 그 무엇도 아닌 걸림이 전혀 없는, 위에서 말씀드린 전체의【있음】이 무의식계 적멸의 상태라고 이 존재는 보고 있습니다.

영생 · 열반 · 적멸은 사실 인간의 관념 · 의식으로는 접근이 불가합니다.

인간의 한계를 벗어나는 것, 명상 · 선정의 상태에서【있음}을 관해 보세요.

많은 사람들은 죽음을 두려움으로 생각하면서도 사후가 있음을 은연중 암시하고 있습니다.

현 삶을 토대로 먼저 가서 자리를 잡으라는 둥, 뒤따라 간다는 둥, 저세상에서 만나 이생에서 못다 한 사랑을 영원히 나누자는 둥, 저세상에서 다들 만날 텐데 등등의 허무맹랑한 말들을 하고, 제사나 천도제 등등의 사후세계가 있음을 간접적으로 삶에서 행위하고 있습니다.

이런 모든 것들이 바로 윤회의 있음을 간접적으로 밝히는 시사하는 한 부분이 아닐까 싶습니다. 사실 그런 사후 역시도 여러분 스스로들이 다 만들어 낸 것입니다.

분명한 것은 윤회와 사후는 '나'로 있을 때

내가 창조한 것이라는 점입니다.

그러나 여러분들은 존재이기 때문에

그런 것과는 전혀 상관없이 반드시 열반에 듭니다.

이렇게 말씀드리니까 "그럼 본래도 없는 것이냐?"라고 질문하는 분이 있습니다. 본래의 있고 없고를 벗어나 '나'

라고 하는 '아'가 완전하게 사라진, 여기서는 완전한 '무아'
라 표현하겠습니다.

완전한 '무아'를 한번 표현해 보시지요.

갓 태어난 존재, 자존의 상태, 의식으로 치면 초의식·
전체 순수의식의 상태는 이 삶에 온 상태입니다.

반면 적멸의 상태인 열반, 꿈도 꾸지 않는 깊은 잠, 무의
식계는 그 누구도 어떤 식으로도 표현할 수가 없는 완전
표현 불가 영역입니다.

이 모든 것들을 인간의 관념으로 이해하고 해석하려 들
면 절대로 안 됩니다. 인간의 사고(思考)를 완전하게 초월
해 있는 무의식계이기 때문입니다.

깨달음, 깨어남은 결코 정말로 어렵고 힘든 일이 아닙니다.
단지 인간의 사고(思考)에 문제가 있을 뿐입니다.

한번 우리가 이치상으로도 이야기해 봅시다.
인류 구원의 대성인이신 예수님과 부처님!
예수님께서 손수 지신 십자가는 인간이 지은 원죄의 보
속이라고들 합니다. 그렇다면 부처님께서는 평범한 일반

인들이 깨닫기 어렵고 힘든 법만을 창시하셨겠습니까?

이 존재의 입장에서 볼 때는 분명히 인간의 완전함을 은연중 보여 주시지 않았나 짐작합니다. 다만 당시의 시대적인 상황, 즉 힌두교의 사상이 워낙 막강한 상황이었기 때문에 표현상의 문제가 있었을 뿐이라고 이 존재는 생각합니다.

그런데 묘하게 부처님 법은 세월이 더해지면서 자꾸만 더 어려워집니다.

법! 열반! 영생! 신! 깨달음! 유토피아! 천국!

그것을 누가 만들고 있습니까? 이 점에 대해선 각자의 생각에 맡기겠습니다. 계속해서 왜 존재로 살아야 하는지에 대해 말씀드리겠습니다.

존재로 살라

—

흔히들 나를 벗어난 다른 모든 것들의 태어남을 종족 번식의 목적이라고들 말합니다.

그런데 사고(思考)를 가진 인간도 정말 종족 번식의 목적 그 하나로 삶에 태어났을까요? 너무 동물적인 표현이라 생각지 않습니까?

이 부분을 이 존재는 참으로 중요하게 보고 있습니다.

사람이 왜 태어났을까요? 그렇다고 나 스스로의 의도에 의해서 태어난 사람은 단 한 명도 없습니다.

그냥 어느 순간에 '나'라고 하는 '아'가 의식되면서 이렇게 삶에 와 있던 것 아닙니까?

이 존재가 왜 태어남을 중요시 여기느냐 하면?

사람들은 삶의 목적이 결국

깨달음과 직결 · 좌우되고 있다 보기 때문입니다.

한 예로 영생이 태어남의 목적이라면, 우리는 삶 속에서 영생만을 위한 삶만을 살아가야 하는 것이 당연한 것 아니겠습니까?

만일 '신'이 되기 위해서 태어났다면, 당연히 '신'이 되기 위한 삶을 살아가야 하는 게 맞는 것이지요.

태어남의 목적이 분명치 않다 보니 삶의 목적도 분명치 않고, 삶에서 어떻게 무엇을 해야 할지를 몰라 닥쳐온 삶을 그냥 살아갈 수밖에 없습니다.

사실 인간의 삶이 정말로 그렇지 않습니까? 태어났으니까 그냥 삶에 휩쓸려 가듯이 살아가고들 있습니다. 그러니 삶이 항상 불안할 수밖에요. 나침반 없는 인간 삶을 항해하고 있는 것입니다.

인간 삶과 깨달음의 측면에서 보면 참으로 중요하다 보는데, 지금까지 여기에 대한 명쾌한 답변을 하시는 분들이 없습니다.

왜일까요? 그렇다고 깨닫기 위해서 이 삶에 온 것은 분명히 아닙니다. 깨달음도 이 삶에 와서 삶 속에서 알게 된 것 아닙니까?

종교적인 관점으로 살펴봅시다.

하나님께서 인간을 창조한 목적이 무엇이라 보십니까?

우리가 삶에서 일반적으로 알고 있는 사실대로 말씀드리면, 한마디로 '신'이 누구임을 **밝혀 주고, 하나님의 표상으로서 '신'의 삶을 살아가게 해 주시려고 사람을 창조한 것이 아닐까요?**

그래서 사람은 본래부터 '신'으로 완전하게 온 것이고,

그렇게 본다면 결국 '신'의 삶을 살기 위해

이 삶에 태어난 것이라 봅니다.

부처님의 삶!

평생을 탁발로, 인간의 삶을 거절하고 '신'의 삶을 살다 열반에 드신 참으로 위대한 분이십니다. '신'의 삶이 곧 '무아'인 나 없음의 삶으로서, 가짐이 전혀 없는 속세의 삶을

등진 삶을 사셨습니다. 그럼 우리도 반드시 그런 삶을 살아야 할까요?

이 존재는 사람들이 이 삶에 온 이유를 우리 삶 속에서 찾아보려 합니다. 앞장에서 말씀드렸던 존재의 삶이 무엇입니까?

오로지 지금 여기 이 순간 현재만을 의식하는 삶입니다. 바로 앞, 전의 삶이 아닌 오직 지금 여기 이 순간 현재의 삶을 말합니다.

항상 매 순간 지금 여기만을 의식하는 삶! 이 존재는 이 삶을 권하고 있습니다. 이 존재가 권한다기보다는 사람은 본래 완전함 그 자체입니다.

인간은 완전함 그 자체이기 때문에

중생이나 신의 피조물이라는 관념에서 벗어나

자신의 완전함을 확신하고 자각하며

'신'의 삶을 살아야 합니다.

이것이 바로 존재의 삶입니다.

매 순간 이 존재의 일거수일투족을

주시하며 의식하는 자각의 삶.

지금까지 한 번도 살아 보지 않은 이 존재의 삶이 과연 어떤 삶일까요?

깊은 잠에서 눈을 뜨는 것이 존재의 삶의 시작입니다. 그 상황은 '나'로 있을 때와 똑같지만, 생각에 빠지지 않고 오로지 이 존재만을 자각하는 삶입니다.

세면 중이든 신문이나 TV를 보든 화장실이든 아침 식사 중이든 그 짓을 하고 있는 이 존재만을 꾸준히 자각합니다. 더 나아가 출근 중이든, 근무 중이든, 사무를 보든, 사업 준비를 하든, 손님을 맞든, 그 무엇을 하든, 오직 그것을 하는 이 존재만을 자각합니다.

외근을 하든, 점심 식사를 하든, 잠시 휴식을 취하든, 오후 근무 스케줄 혹은 사업에 여념이 없든, 오로지 그 짓을 하는 존재만을 자각하는 것이지요.

퇴근을 해서도 친구들을 만나도, 바쁜 사업에 푹 빠져 정신이 없는 상황에서도, 영업을 끝내고 집에 돌아와 오늘 하루를 정리할 때도, 그리고 잠자리에 드는 그 순간까지도 이 존재만을 꾸준히 자각하는 것입니다.

그 이튿날도 이와 똑같이 모든 일을 하는 존재만을 계속 자각하는 삶을 삽니다.

이런 자각의 삶을 그동안 한 번도 살아 보지 않으셨지요?

그동안 내 밖으로만 향해 있던 의식을,

내 안으로 전환시키는 '의식전환'의 삶입니다.

그래서 처음에는 많이 어색하고 순간순간 자각 상황을 잃어버리고 예전의 '나'로 있을 때의 삶을 순간순간 또 사실 것입니다.

그래도 좋습니다. 중간중간 잃어버린다 해도 또다시 자각하고 자각하며 서서히 시간이 가다 보면 언젠가는 하루 종일 자각하는 날이 분명히 옵니다. 하루하루가 조금씩 조금씩 달라집니다.

그러다 보면 생각이 서서히 끊어지고 정신이 맑아지며 사고(思考)가 바뀌어 존재 자신도 모르게 긍정적이고 의욕적인 면이 나오면서 즐거움이 싹 트는데, 이는 사람이 '신'으로 바뀌는 현상입니다.

그냥 즐겁고 그냥 좋고 행복하며 존경스럽고 삼라만상 일체전체 모든 것들이 모두 다 아름답고 상대가 모두 '신'으로 보입니다. 그러면서 되는 일이 잘되고 잘 풀리며 삶이 활기차고 행이 바뀝니다. 바로 이 행이 바뀌는 것, 이것이 깨어난 완전한 자의 '신'의 행입니다.

이 상황은 본인 스스로가 직접 경험·체험 외에는 방법이 없습니다. 지금 여기 이 순간 현재의 삶 이것이 바로 '신'의 삶, 존재의 삶입니다.

죽음이 전혀 두렵지 않게 됩니다. 이래서 존재로 살라는 것입니다. 말이 필요 없습니다. 말로 백날 깨달아 보았자 아무런 소용이 없습니다. 말보다는 행이 참으로 중요합니다.

이 존재 역시도 마찬가지이지만, 깨달으려 인생의 90% 이상 긴 시간을 낭비해 왔고, 다행히 존재로 깨어나게 되었습니다. 만일 지금까지도 존재를 몰랐다면 남은 평생도 깨달음에 다 바쳤을 것입니다.

쉬운 답을 옆에 끼고서도 상대를 믿지 못해서 지금 당장에도 수많은 사람들이 여기에 도전하고 있는데, 참으로 안타까울 뿐입니다.

시간 낭비, 금전 낭비를 벗어나서 즐겁고 행복하게 마음껏 누려야 할 삶을 힘든 가부좌 틀고 온갖 상상과 거기에서 오는 한 생각이 반야라고 여기는, 그리고 입으로만 외치는 그런 깨달음에서 이제 벗어나야 하지 않을까요?

바로 이 존재가 해야 할 일이라 보고 있습니다. 그래서 「존재로 살라」라는 단원을 만들었습니다. 이 단원은 반드시 해야 함을 벗어나 존재로 있으면 이런 부분들이 의외로 강하게 와 닿음을 스스로 느낄 수 있기에 말씀드릴 뿐입니다.

중요한 부분은 〈자신이 '존재' 그 자체임을 꾸준히 자각〉만 하는 것입니다. 이 존재를 통해 하는 모든 행위가 곧 하나님 · 부처님 · 신이 하는 것입니다.

여기에서 중요한 것은 확신입니다. 이 사실을 확실하게 믿고, 존재만을 자각하고, 존재로만 있으면, 나머진 그냥 다 됩니다. 우리는 본래부터 그런 존재였습니다.

힘들고 어려운 삶을, 왜 태어나고 왜 사는 걸까요?

여기에 대한 답을 내려 보겠습니다.

모든 고통(괴로움)에서 벗어나 존재로 환원되어

존재의 삶을 살다가 열반에 들기 위함입니다.

존재는 '신'입니다.

다음과 같은 10가지의 아주 큰 진리의 속성대로 존재로 서의 삶이 살아집니다.

〈존재로 살라〉

1. 존재 그 자체가 바로 완전한 하나님 · 부처님 · 신입니다. '무아'입니다.

1. 존재는 【있음】입니다.

1. 존재는 오직 지금 여기 이 순간 현재에만 있습니다.

1. 존재가 하는 모든 행위가 곧 하나님 · 부처님 · 신이 하는 것입니다.

1. 존재는 이미 완전하게 깨어나 있습니다.

1. 존재는 사후와 윤회에서 해탈되어 있습니다.

1. 존재는 반드시 열반에 듭니다.

1. 존재는 일여입니다(상대성 모두를 다 품고 가지고 있습니다).

1. 존재는 '의식전환'과 함께 스스로 꾸준한 자각만 하면 됩니다.

1. 존재는 확신만을 최우선으로 합니다.

이 존재는 독자 여러분들에게 이렇게 쉽게 말을 하지만, 한 가지 걱정이 앞섭니다.

사람들은 중요한 일에 있어서는 보편적으로 그 일이 어렵고 힘들어야지 옳고 바르다는 생각들을 합니다. 너무나 쉽다든지 흔하고 아무나 할 수 있으면 별것 아니라고들 여기고 그냥 넘겨 버리는 경향이 많습니다.

존재만 자각하고 확신하면 모든 게 저절로 다 된다고 하니까, 진리의 삶이 그렇게 쉬울 리가 없다고 등한시해 버리고 아예 취급조차도 안 해 버리는 그런 존재로 전락시켜 버리지 않을까 심히 염려스럽습니다. 이 책을 집필하면서 가장 마음에 걸리는 부분이 바로 이것이었습니다.

존재가 곧 하나님·부처님·신 그 자체인데, 〈그건 어디까지나 당신 생각〉이라고 말씀하신다면 이 존재로서는 더 이상 무어라 할 말이 없습니다.

물론 이런 상황은 처음부터 충분히 감수하고는 있었지만, 종교의 신비성과 특이성만을 내세우지 않았으면 하는 큰 바람입니다. **종교는 참으로 자연스러움입니다.** '신'이 별도로 높게 신성시되어 계시는 것은 결코 절대로 아닙니다.

우리 모두가 바로 새로운 안목으로만

자기 자신을 본다면

'신'은 항상 거기에 계십니다.

외부의 '신'을 믿어도 상관없습니다.

'무아'인 나 없음의 삶만 살면

그게 바로 '신'의 삶입니다.

독자 여러분 스스로의 새로운 안목으로 이 책을 읽으신
다면 더 이상의 바람은 정말 없습니다.

이 행은 무엇을 해야 하고 준비하는 행이 절대로 아닙
니다. 존재이기 때문에 평상시 자기의 행이 '신'의 행이
되는 것입니다. '신'이 '신'의 행을 하는 것은 당연한 것 아
닙니까?

'신'의 행이라 해서 어떤 특이한 그 무엇을 행위하는 게
절대로 아닙니다. 존재로서 지금 여기 이 순간 현재에만
행위하는 게 바로 '신'의 행입니다.

누가 시킨 것도, 본인 스스로가 그렇게 행위해야겠다고
한 것도 아닙니다. 존재 그 자체로만 자각하고 있으면 저
절로 그런 '신'의 행이 나옵니다. 존재가 곧 '신'이니까요.

얼마나 쉽습니까?

이왕 말이 나왔으니 변화에 대한 말씀도 드리겠습니다.

〈부처님 눈에는 부처밖에 안 보인다.〉는 말의 의미는 굳이 말씀 안 드려도 다 아는 사실입니다.

인간 스스로가 변한다는 것은? 자신의 삶이 바뀌지 않는 한 거의 불가능한 일입니다.

그런데 대다수의 인간은 그렇게 보질 않습니다. 상대나 모든 것들이 다 변해야 된다고만 생각하고 있는데, 이는 마치 자신이 빨간 선글라스를 끼고 세상을 보는 것과도 다름이 없습니다.

인간이 변화해야 한다는 뜻은? 자신의 빨간 선글라스를 벗는 것과도 같습니다.

한마디로 자신의 틀과 고정관념에서 벗어나는 것, 그것이 곧 의식전환입니다. 본인 스스로만 존재로 의식전환을 하면 삼라만상 일체전체 모든 것들이 다 '신'으로 보입니다. 힘든 삶을 바꾸어 주는 의식전환의 첫걸음이기도 합니다.

삶에서 가장 중요한 꿈도 꾸지 않는 깊은 잠 속!

무엇인가를 암시하고, 암시해 주고 있는 것 같지 않습니까?

그 무엇이 무엇입니까? 뒤에 나올 「삶이 생각」 단원에서 설명하겠습니다.

삶이 생각

——

　생각의 범위는 말로 표현 불가할 정도로 너무나도 크고 넓고 끝이 없습니다. 우리들의 명상·선정 상태를 보면 충분히 알 수 있지 않습니까?

　이 말이 무엇을 의미하는 것인지 깊이 통찰해 보면서 단원을 시작합시다.

　생각은 마음과 아주 밀접한 관계를 가지고 있습니다.

　그래서 좋은 생각은 좋은 마음을 불러일으키고,

　나쁜 생각은 나쁜 마음을 불러일으킵니다.

　또한 생각이 많으면 마음도 그만큼 복잡할 수밖에 없습니다.

　그래서 선가에서는 생각과 분별심을 다 놓아라 말합니다.

부처님이 싯다르타 태자로 있을 때, 4대문의 출타 과정이 나옵니다. 동쪽 성문출타에서는 늙음을 봅니다. 그 늙음을 보는 순간, 자신도 언젠가는 저렇게 늙을 것이라는 한 생각을 일으키게 되지요.

남쪽 성문출타에서는 병듦을 봅니다. 그 병듦을 보는 순간, 자신도 언젠가는 저렇게 병에 걸릴 것이라는 한 생각을 일으키게 되지요.

서쪽 성문출타에서는 죽음을 봅니다. 그 죽음을 보는 순간, 자신도 언젠가는 저렇게 죽을 것이라는 한 생각을 일으키게 되지요.

당시에는 깨달음과는 전혀 상관이 없는 인간이었던 고타마 싯다르타는 일반인과 똑같이 봄과 동시에 한 생각을 일으킵니다.

보는 것으로만 끝내야 할 것을, 인간은 거기서 한 발짝 더 나아가 생각을 일으키고, 반드시 그래서 그런 것만은 아니지만 그 한 생각이 결국엔 늙고 병들고 죽는 결과를 초래하는 것이 아닐까도 봅니다.

'존재'는 바로 지금 여기 현재에서

일어나는 그대로만을 볼 뿐입니다.

"나도 언젠가는…" 등의 미래를 예측하는

그자가 바로 '나'이고 생각입니다.

삶이 곧 가상현실 세계이므로 생각이 미치는 그 영향력이 참으로 대단함을 단적으로 보여 주는 한 부분입니다.

여기서 잠시, 일상 삶에서의 나를 한번 깊이 들여다봅시다. 앞서 「존재의 자각」 단원에서도 비슷한 삶의 현 상황을 예를 들어 보았습니다.

우리가 아침에 잠에서 깨났을 때 제일 먼저 하는 것이 무엇인지 한번 유심 있게 관해 봅시다. 비몽사몽의 상태에서 첫 번째 하는 행위가 바로 나를 의식하면서 재빨리 생각에 젖어드는 것입니다.

잠에서 깨남과 동시에 "조금 더 잘까? 출근하는데 늦지는 않겠지?" 고민하다가 에라, 모르겠다며 다시 이불 속으로 들어갑니다. 그리고 잠에 들려 하는데 잠이 오질 않습니다.

순간 생각에 잠깁니다. 오늘 출근해서 내가 해야 할 일, 누굴 몇 시에 만나고, 퇴근 후 가야 할 곳 등등의 생각들을 정리해 봅니다. 생각이 없다면 약속도 못 합니다.

그러고는 "그만 일어나자." 하면서 본인이 하던 매일의 습관, 즉 화장실에 가거나 세면을 하고 신문을 보거나 TV를 켭니다.

이런 모든 것들을 의식과 함께 생각으로 합니다.
체계적인 의식의 행을 하면서도
생각은 잠시도 멈추지 않습니다.

변을 보면서도, 양치를 하면서도, 조금의 시간적인 여유만 있어도 생각을 계속해서 일으킵니다. 심지어는 식사 중에도 상대와 대화를 하지 않는 한, 생각에 꼬리를 계속해서 물고 있습니다. 무슨 생각이 그렇게도 많은지….

생각은 의식을 기반으로 하고 있지만 또한 기억하고 상상할 수 있는 능력 또한 가지고 있습니다. 지나간 과거의 일들, 미래에 닥쳐올 일들까지도 말이지요.

우리가 흔히 이런 말들을 자주 하지요? "하루에 오만 가지 생각을 다 한다."고.

한마디로 인간은 생각의 삶을
살아간다 해도 절대로 과언이 아닙니다.
결국 '나' 역시도 생각이 아닐까도 싶습니다.

　자신의 하루 일과 중 생각 없이 오로지 '나'만을 의식하는 경우가 얼마나 된다고 보십니까?

　틈만 나면 어릴 때의 충격적인 일들로부터 추억에 이르기까지, 초등학교 시절, 중·고등학교, 대학 생활까지, 또 남자들의 공통적인 군 생활, 사회생활 등등 숱한 사연들이 마치 주마등같이 스쳐 지나가기도 합니다. 한마디로 생각으로 그 시절을 다시 다 만들어 냅니다.

　친구가 되었든 동창이 되었든 사람들은 만나면, 조금 전까지 있었던 모든 지난 이야기, 남의 이야기들을 주로 합니다. 물론 미래에 대한 이야기들도 많이 하지요. 자식들의 장래, 사업, 거주할 집, 투기, 미용, 건강 등등…. 자신의 생각들을 이 자리에서 이야기합니다.

　순간 화장실이 급합니다. 화장실에 다녀와서 다시 이야기를 꺼내는데, 화장실에 가기 전까지의 이야기는 다 어디로 갔습니까? 바로 생각 속으로 갔습니다.

이와 같이 생각 속에는 온통 지난 과거와 미래에 대한 이야기만 있을 뿐, 현재 지금 여기에 대한 이야기는 거의 없습니다. 이렇게만 본다면 【'나'는 생각이다】라는 공식이 생겨날 수도 있지 않을까요?

내가 생각이라면, 이 삶 역시도 생각입니다.
삶뿐만이 아니라, 결국 삼라만상 일체전체
모든 것들이 다 생각입니다.

그렇다면 그 생각을 하고 있는 내가 무엇입니까?
한번 말로 표현해 보시지요. '의식' 아닙니까? 만일 그 의식까지도 없다면? 상상하지 마시고 답해 보세요.
심지어는 현대 사람들이 가장 즐겨 하고 좋아하는 영화 · 게임 · 오락 · 취미 등등이 다 생각에서 비롯된 것입니다. 또한 생각이 수많은 장르들을 다 섭렵 · 형성하고 있다는 것입니다.
생각의 영역이 미치지 않은 것은 거의 없을 정도로, 사회 전반적으로 너무나도 많이 깊이 차지하고 있습니다. 지금 이 존재가 쓰고 있는 책 역시도 솔직히 생각의 산물이 아닙니까? 심지어는 도방에서도 상상·생각의 도가 나올 정도로까지 되어 버렸습니다.

상상·생각의 도가 곧 허공성의 '나', '목전'이 아닙니까?

생각! 별것 아니고 아무것도 아닌 망상일 것 같지만, 생각이 모든 것을 다 창조하고 있습니다.

비록 가상적이긴 하지만, 생각이 많고 깊다 보면 그 생각에서 비롯된 사회 역시도 가면 갈수록 더 복잡해져만 가고, 그 속에서 무엇인가를 찾으려는 의문·의심들이 더욱더 쌓이기만 합니다.

풀리지 않는 많은 의문·의심들!

이런 상태라면 앞으로의 삶이 깨달음이 점차 희석되고, 온갖 상상과 거짓된 진실들이 난무하지 않을까 심히 걱정스럽습니다.

그것들을 미끼로 종교계에 온갖 상술과 사후에 대한 허무맹랑하고도 허황된 말들이 판을 치지 않을까요?

르네상스 시절에는 일명 천국 가는 티켓을 판매하는 참으로 어처구니가 없는 일들이 벌어졌습니다. 결국 생각의 시절 아닙니까? 그런 시절이 오지 않는다고 보장할 수는 없는 것이지요.

'존재'를 빼놓고는, 모든 게 다 허상이고 꿈이며 한 생각
이라 이 존재는 봅니다.

한 생각이 일어나서 한 가상의 물체가 그럴싸하게 모습
을 드러내는 것입니다. 마치 하얀 스크린 위에 온갖 인생
사연이 드러나, 그것을 보는 관객이 눈물을 웃음을 노여움
을 복수를 일으키듯이 말이지요.

이 상황을 먼발치로 하얀 스크린과 관객을 뭉뚱그려 하
나로 보면 "저게 뭐 하는 짓거리들일까?" 한마디로 웃음밖
에 안 나올 것입니다.

또 다른 한편으로 보면, 라이트 형제의 새와 같이 하늘
을 날아보겠다는 그 한 생각이 비행기를 만들고 우주선을
만드는 계기가 되었듯이, 생각의 힘이 참으로 대단함을 알
수 있지요.

생각의 힘이 지금과 같은 최첨단의 과학을 만들어 냈듯
이, 고타마 싯다르타 부처님께서 7일간의 보리수나무 아래
서 좌정하시고 행하신 것이 무엇이겠습니까?

수련·수행도 아닌 많은 사람들이 별것 아니게 보는 생각을 관(觀)하셨지 않았을까 하고 이 존재는 보고 있습니다.

그렇다고 생각 속에서 진실을 찾아냈다고 보지는 않습니다. 그런 모든 생각을 하는 그자, 생각을 일으키는 그자, 끝없는 생각에만 젖어 있는 그자를 다 놓는 순간, 거기서 그 누구도 감히 일으킬 수 없는 '무아'의 사상이 드러나지 않았나 하고, 이 존재는 조심스럽게 봅니다.

나는 생각 덩어리입니다.

나에 머물러 있는 한, 생각에서는

결코 절대로 벗어날 수 없습니다.

나에게서 벗어날 수 있는 길이란

오직 존재로 있을 때뿐입니다.

지금부터 생각에 대해서 이 존재의 개인적 견해를 말씀드리겠습니다.

생각!

존재는 지금 여기 이 순간 현재에만 있습니다. 그런데 생각도 지금 여기 이 순간 현재에서만 가능합니다. 비록 그 내용적인 면에서는 과거 · 현재 · 미래, 시 · 공을 다 넘나들고 있지만, 분명히 지금 여기 이 순간 현재에서만 가능하지요.

이렇게만 본다면 존재와 생각은 〈실〉과 〈허〉가 된다는 것인데, 지금 여기 이 순간 현재에만 있는 존재와 생각은 서로 상반된 상태가 됩니다.

존재로 있을 땐 오직 〈실〉로서 지금 여기 이 순간 현재만을 자각하고 있어, 생각이 감히 들어갈 시 · 공간이 없습니다. 그렇다면 만일 생각만을 하고 있다면 〈허〉로서, 존재의 자각 상태가 아닌 게지요.

일체전체 모든 것들이 다 허상이고 꿈이라 하는 것은 우리가 생각 속에 빠져 있을 때를 말하는 것으로서 〈허의 세상〉이라 할 수 있습니다.

존재를 자각하고 있을 때를 〈실의 세상〉이라 말하는 것입니다. 결국 지금까지 사람 · 인간 · 나는 생각 속에서 〈허의 세상〉, 즉 허상과 꿈과 같은 삶을 살아왔습니다.

내적 종교에서는 염불송이라는 게 있습니다.

〈범소유상 개시허망〉

모든 형상은 무상하고 덧없으며 허망하다

〈일체제상 여몽환포영〉

일체의 모든 상은 꿈과 같고, 환상과 같고,

물거품과 같으며, 그림자이다.

이 말이 곧 생각에서 나온 허의 세상임을 말해 주는 것이 아닐까 봅니다. 그러므로 삼라만상 일체전체 모든 것들을 위와 같이 보라는 뜻입니다.

이 존재가 본서를 통해 존재의 삶을 주창한 이유가 바로 여기에 있습니다. 이제 그만 생각 속에서 깨어나 존재의 〈실의 세상〉을 살자는 깊은 뜻이 있는 것입니다.

지금까지 말씀드린 존재의 모든 내용에 위의 사실들이 함축되어 있습니다. 지금 여기 이 순간 현재, 즉 존재의 자각을 하지 않은 나의 삶은 모두 다 허상의 삶이었다는 것입니다. 실상이 아닌 허상, 꿈속의 삶이었다 이것입니다.

가상현실 세계이지요. 그래서 모든 것들의 답이 없었던, 나오지 않았던 것입니다. 결국 '나'는 허상 속의 가상인물 아바타인 게지요.

그렇다면, 여기서 독자님들께서는 한 가지 의문점을 갖게 될 것입니다.

존재의 자각을 굳이 해야 할 이유가 무엇인가?

존재는 지금 여기 이 순간 현재에만 있는 것으로, 한마디로 〈실의 삶〉을 살게 되기 때문입니다.

그에 반해 생각은 비록 같은 지금 여기 이 순간 현재에만 있지만 생각 속에서는 과거·현재·미래, 시·공간을 자유자재하는 것은 〈허의 삶〉입니다. 이 차이는 이루 말로 표현키 어려울 정도로 엄청납니다.

우리가 생각 속에서는 안 되고 못 될 게 전혀 없습니다. 그런데 실제로는 거의 다가 안 되고 못 됩니다. 그 이유는 상상과 망상만을 내는 〈허의 삶〉이기 때문이며, 거기에는 이루어짐이 없는 허상·망상적인 삶만 있습니다.

〈허의 삶〉은 내 의지·의도와도 전혀 상관없이 무작위로 이루어진 삶입니다. 그래서 많은 숱한 의문점만 낼 뿐, 거기에 대한 답을 낼 수가 없습니다.

「삶」의 단원에서 설명하였듯, 인간은 크게 3가지 유형으로 삶을 맞이합니다(탄생). 또한 삶 속에서도 크게 3가지 유형으로 삶을 살아가고 있습니다. 여기에는 본인 스스로의 의지나 의도와는 전혀 상관이 없습니다.

정신을 차리고 보니까 이 삶에 와 있던 것이고, 최선을 다한 삶에서도 상대보다 처지는 그 모양 그 꼴의 삶을 삽니다. 바로 윤회와 해탈을 못 벗어난 〈허의 삶〉이기 때문입니다.

그렇다면 〈실의 삶〉은 무엇입니까?
말 그대로 지금 여기 이 순간 현재만을 사는 존재입니다.
존재인 〈실의 삶〉을 살게 되면 안 되고 못 됨이 없습니다.
한쪽으로 치우침이 없는 '신'의 삶이기 때문입니다.

이 말은 곧 안 되고 못 됨에 크게 영향을 받지 않는다는 뜻으로 안 되면 그냥 안 되는 것이고, 못 됨은 그냥 못 되는 것으로서, 지금 여기 이 순간 현재만을 겸허히 받아들이고 그냥 넘어갑니다.

'신'은 모든 것을 이렇게 행위하고 있습니다. 그러기 때문에 모든 것들이 또한 다 되고 이루어집니다. 그래서 〈실의 삶〉인 존재의 자각을 계속해서 말씀드렸던 것입니다.

내가 누구이고 무엇임을 알아서 뭘 하시려 합니까? 어디서 와서 어디로 가는 것을 알아서 어떻게 하시려 합니까? 내 근원과 실체를 알아서 어디다 쓰려 하십니까?

가장 중요한 고통(괴로움)에서 벗어나 열반에 들면 되는 것 아닙니까? 그것이 바로 존재로만 있는 것입니다.

그럼 지금 이 시각 이후부터는 생각을 전혀 하지 말아야 하느냐고 반문하시겠지요?

생각의 영역이 또한 '신'의 영역입니다. 그래서 첨단과학을 비롯한 인간 삶의 모든 것들이 이 생각에서 나오는 것입니다.

존재에서는 생각을 긍정적인 존재의 선정 과정, 즉 '신'의 높은 차원 세계로 들어가는 이정표로 삼고 있습니다.

각자가 스스로 차원 높은 '신'의 삶을 체험해 보는 것으로서 과거, 미래, 엉뚱한 상상, 부정적 인간적 좋지 못한 생각을 완전하게 다 놓고 버리는 그런 나에게서 완전하게 벗어나는 선정에 임해 보는 것이지요.

이 시각 이후부터는 건설적이고 긍정적인

'신'의 생각만을 하면 됩니다.

존재와 생각이 동질로서 〈허〉가 없는

〈실〉로서의 삶만 살면 된다는 것,

이것이 바로 존재의 자각 〈실의 삶〉입니다.

【'나'는 '존재'에서 나온 생각 덩어리입니다】

이 존재는 이렇게 결론짓습니다.

그런데 문제는 나를 생각으로 여기지 않기 때문에 윤회를 한다는 것, 지금까지는 이것이 참으로 심각한 문제가 됐습니다.

이제 위에서 다 설명하였으니 〈실의 삶〉인 존재만을 꾸준히 자각하세요. 그러면 반드시 '신'으로 깨어나 열반에 드십니다.

이쯤에서 여러분들이 가장 궁금해했던 우리가 매일 꿈도 꾸지 않는 깊은 잠 속, 즉 이 존재가 말하는 죽음의 그 자리에 매일 한 번씩 꼭 드는 그 이유에 대한 이 존재의 견해를 말씀드리겠습니다.

이 또한 밝혀지지 않은 이 존재만의 한 생각입니다만,

전반부 「내가 있어 있다」의 단원에서 꿈도 꾸지 않은 깊은 잠 속의 상황을 죽음의 상태라 표현했습니다.

꿈도 꾸지 않는 깊은 잠 속,

그 자리가 바로 본래의 자리입니다.

즉 열반에 든 자리이고, 적멸이 된 상태입니다.

본래가 매일 자신을 보여 주시고,

알려 주시고, 느끼게 해 주셨습니다.

그런데도 여러분이나 이 존재는 그동안에 전혀 몰랐던 것입니다. 바로 '나'에 빠져 있었기 때문입니다.

무아 · 무상 · 무심 · 무념의 상태, 내가 없고, 상이 없고, 마음이 없고, 생각이 없다, 그 없음을 아는 그자! 꿈도 꾸지 않은 깊은 잠에서의 '그자'는 분명히 느낄 수 없습니다. 즉, 잠 속에서는 결코 절대로 알 수가 없다는 말입니다.

그 이유는 본래의 자리는 사람의 의식으로는 결코 절대로 들 수가 없기 때문입니다. 이미 유형인 사람의 차원을 넘어서 무의식의 차원에 있기에 그렇습니다. 무아 · 무상 · 무심 · 무념의 상태이기에 무엇으로든 느낄 수가 없습니다.

잠에서 깨난 이후에 자기 자신 스스로의 생각에 의해서 '그자'를 아는 것이지, 잠 속에서는 절대로 모릅니다. '그자'가 곧 몸을 만들고 태어남을 만들어 잠시 잠깐 '존재'로 있다가 '나'라고 하는 '아'로 의식이 전환되면서 '나'가 나옵니다. 다시 윤회의 삶이 시작되지요.

결국 '그자'가 누구입니까? 바로 본래인 진여심(진실하고 여여한 무의식의 마음)입니다. 이것은 본래를 마음으로 표현한 것으로서 본래의 마음이 그러합니다.

그와 반면에 사람인 마음을 생멸심이라 합니다. 평상시 의식의 나인 마음, 즉 생멸심(생·멸이 있는 마음)은 깨나서 잠든 상황을 생각해 보고 '그자'가 곧 본래인 '진여심'임을 아는 것이지요. 바로 생각에 의해서 '진여심'이었음을 알게 된 것입니다.

1부 「신과 인간」의 단원에서 **개체는 전체를 '증'한다고 했습니다.** 바로 이와 같습니다.

이 존재는 **인간의 평범한 삶 속에 모든 진실이 다 함축돼 있다고** 했습니다. 이 말이 고타마 싯다르타 부처님께서 깨달으신 **무상정등각**의 원내용이 아닐까요?

전생을 다 잃어버리고 전생에서 가졌던 기록된 복사된 마음만을 내면서 윤회의 현 삶을 시작하는 것이, 현생이 되면서 삶을 살아갑니다.

본래 그 자체가 '무아'임을 밝혀 주는 것이 바로 꿈도 꾸지 않는 깊은 잠 속이고, 그 사실을 매일 밝혀 주는데도 전혀 아랑곳하지 않고 현 삶에만 모든 의식이 향해 있는 참으로 불쌍한 삶을 살아가고 있습니다.

꿈도 꾸지 않는 깊은 그 잠 속에
의식도 없는 적멸의 상태!
그것이 바로 열반의 자리이고
그 자리는 일체의 끊어짐,
무의식인 적멸만이 있습니다.
내 본래란 바로 그런 자리입니다.

이렇게 말씀드리니까 "본래의 자리, 열반에 든 자리가 겨우 그런 자리냐?"며 실망된 표현들을 하시는데, 상상 속에서의 너무 큰 기대에 의한 허망함이라 볼 수도 있습니다. 그 자리는 인간의 의식으로는 결코 절대로 들 수가 없는 미지의 상태로서 절대 표현 불가인 적멸의 상태임을 말씀드릴 뿐입니다.

그렇다면 그냥 그 자리에 있으면 될 것을 왜 아침에 깨어나느냐? 바로 살아 있는 몸이 있기 때문입니다. 몸·마음이 살아 있어 의식으로 깨납니다.

〈생사일여〉가 무엇입니까? 그 뜻이 삶과 죽음이 하나로서, 그것을 유형인 사람·인간인 내가 다 가지고 있습니다. 이 존재 안에 삶과 죽음이 다 들어 있다는 깊은 뜻입니다.

우리는 반드시 하루에 한 번씩 꼭 죽었다가 다시 살아납니다. 이것이 바로 〈생사일여〉입니다. 생사일여가 곧 의식·무의식입니다.

사실 우리는 생사일여를 매일 반복하고 있지요. 한마디로 내가 살아 있다는 증표이기도 하지요. 간단히 삶에서의 들숨 날숨과도 같습니다. 매일 생사를 거듭합니다. 이것은 삶을 영위하기 위한 한 수단에 불과하지요.

더 나아가 **생사일여하고 있는 그 내가 '무아'임을, 또한 그 상태가 '적멸임'을 매일매일 밝혀 주는 것입니다.** 이것이 핵심입니다.

우리가 삶에서 생각을 멈추는 시간은 이 시간밖에 없습니다. 우리가 하루에 한 번씩 반드시 죽음을 체험하는 것이 바로 꿈도 꾸지 않는 깊은 잠 속입니다. 이는 곧 **나는 '무아'이고, 삶이 생각임을 일깨워 주기 위한, 본래의 깊은 배려**가 아닐까 싶습니다.

여기서 깨어나지 못하는 것, 즉 〈생사일여〉의 멈춤.

이것이 바로 우리들이 말하는 완전한 죽음인데, 그 죽음이 '나'로서의 죽음이라면 윤회의 깊은 수레바퀴에 계속 빠지는 것이고, 존재로서의 죽음이라면 이 존재는 이것을 감히 적멸의 상태에서 【열반】에 든다고 표현합니다.

그럼 방금 전까지 있던 존재는 무엇입니까? 존재에게는 방금 전이라는 것이 없습니다. 존재가 아닌 '나'였겠지요? '나'는 방금 전뿐만이 아니라 그 전에도 있었습니다. '생각'으로 말입니다.

가만히 보세요. 존재는 현재 여기밖에 없는데 방금 전까지 있었다는 것은 한마디로 생각이 아닙니까? 생각은 이와 같이 삶을 만들고 몸이 살아 있음을 밝혀 주는 아주 중요한 일을 합니다.

생각이 완전히 멈추면 삶도 멈춥니다.

그래서 이 삶이 허상이고 꿈이며 한 생각입니다.

한 생각이 곧 생명이고 몸·마음입니다.

물론 우리가 최첨단의 과학 문명에서 풍족한 삶을 살아가는 것도 생각 덕분이지만, 감히 조심스럽게 한 말씀드리자면 '나'라고 하는 '아'가 생겨난 것도 다 생각 때문이고, 중생이 된 것도, 부처가 된 것도, 깨어나지 못하는 것도, 또한 깨달을 수 있는 것도, 깨달음이 있다 없다는 것도 다 생각입니다.

허상을 실상으로 보고, 거기에 빠져 영생이니, 윤회니, 사후니, 참나니, 불성이니, 공이니 등을 운운하는 것도 다 생각에 빠져 있기 때문입니다.

생각은 만상만물에 다 있습니다. 바로 만상만물이 다 생각에서 만들어졌기 때문입니다. 생각이 아닌 것은 단 하나도 없습니다.

우리가 하루 중 생각을 일으키지 않을 때가 언제입니까? 꿈도 꾸지 않는 깊은 잠을 잘 때입니다. 그 상황을 한번 표현해 봅시다. 어떻게 표현할 방법이 없습니다. 열반과 적멸이 마치 그와 같습니다. 잠에서 꿈을 꾸면 그건 절대로 적멸의 상태가 아닙니다. 꿈이 많다는 것은 깊은 잠이 아닌 깨 있음입니다. 꿈도 생각입니다.

꿈도 없는 깊은 잠! 결국 열반과 적멸은 생각이 뚝 끊어진 상황으로서, 생각이 모든 것들을 다 만든 상황이 곧 인간의 삶입니다. 그래서 위와 같은 염불송이 나온 것입니다.

그러나 안타까운 것은 염불송을 한다 해서 깨어나는 것은 전혀 아닌데, 이것을 내세우고 부지런히 염불하게 만드는 이 사실이 문제입니다.

'신'은 되는 것이지, 알고 염불하여 주입시키는 것이 아닙니다. 꾸준한 존재의 자각 속에서 〈범소유상 개시허망, 일체제상 여몽환포영〉이 【있음】으로 자동적으로 될 뿐입니다.

생각이 결국엔 하나님 · 부처님 · 신의 영역임을 알게 됩니다. 결국 생각이 모든 것들을 다 창조해 냈습니다. 그 생각이 〈허〉가 아닌 〈실〉이 곧 본래의 마음인 진여심입니다.

그래서 이 존재는 이렇게 결론을 지어 봅니다.

【내 실체와 삶의 근원이 없다는 것은?

바로 나와 삶이 '무아'이고 생각이기 때문입니다.】

NOW HEAR

—

지금 여기입니다.

모든 것들은 다 Now Hear에서 창조되고 이루어졌습니다.

'나'부터 시작해서 삶, 영생, 종교, 신, 깨달음, 공, 허공성의 나, 사후, 윤회, 천국, 지옥 등등 모든 것들은 결국 내 생각이 되었든 분별이 되었든, Now Hear에서 내가 다 만든 것입니다.

이 존재가 잘못한 일을 고치는 시간도, 지금 이 순간밖에 없습니다. 이 순간에 못 고치면 당신은 영원히 못 고칩니다.

삶의 모든 것들, 아니 당신에게 있어서의 모든 일들은 바로 지금 여기에서 다 일어납니다. 그 일이 잘되든 잘못

되든, 사람들은 'Now Hear' 이것을 다 놓치고 삽니다. 있지도 않은 몇 초 전, 몇 초 후에만 온통 관심이 다 쏠려 있습니다.

언젠가는 죽는다고요? "언젠가는"이 어디 있습니까? 지금 여기 현재밖에 없다니까요?

존재에서는 찰나인 바로 앞의 일을 속단하진 않습니다. 비록 Now Hear에서 열반에 들 수는 있어도, 미리 속단하진 마세요.

사람은 본래 완전한 존재

———

3년 넘게 심사숙고하고 각고의 고심 끝에 이 책을 출간하기에 이르렀습니다.

그간 고심했던 그 이유는 이 존재 개인적인 기존의 깨달음에 무언가 진실이 오도된 것 같아 그것을 올바로 잡아보려는 이 존재만의 의도 때문입니다.

그렇다고 부처님의 깨달음 법이 잘못되었다고 말씀드리는 것은 결코 아닙니다. 앞서 언급했듯이 부처님 당시의 시대적인 상황에 문제가 있어 글이 없던 시절 법의 전달 과정 등에 상당히 큰 오차가 생기지 않았나 보는 것이지요.

제일 큰 문제는 부처님 법이 마치 출가자들만을 위한 법이 아닐까도 싶을 정도로, 일반 대중 재가자들에겐 너무나도 어렵다는 것입니다. 과연 부처님께서는 만인을 위한 법을 그렇게 어렵사리 내놓으셨을까요?

물론 이 책을 출간하면서도 많은 잡음이 오고 가기도 했지만, 한 번쯤 깊이 생각해 볼 문제라 보고 출간하기로 마음의 결정을 내렸습니다.

우리는 이미 완전한 존재임을

스스로 인정하고 수용하는 것,

그래서 나를 완전히 다 놓는 무아인

'신'으로서 '신'의 삶만 살면 됩니다.

이것이야말로 존재가 바로 본래의 자리로 회귀하기 위한 최선의 길입니다. 지금부터의 명상·선정 수련·수행을 굳이 하시려면, '존재' 그 자체임만을 항상 자각하는 것, 그것만을 이 존재는 권할 뿐입니다.

사람은 이미 완전한데 이 사실을 모르는 나는 자꾸만 깨달음을 찾습니다. 이 모든 것들을 그동안 '내'가 했던 짓입니다. 그런 '나'만 다 놓으면 그것으로 끝납니다. 더 이상 뭐 할 게 또 있습니까? 지금부터는 그냥 쉬면 됩니다.

사실 깨달음은 '나'로부터 시작되었습니다. 인간인 내가 만든 부질없는 한 생각일 뿐입니다. 본래 완전한데 스스로를 중생, 신의 피조물로 여겼던 게 문제입니다.

이제 '존재'로만 있으면 그것이 완성입니다. '존재' 속에 모든 진실이 다 있으니까요.

이제 좀 아시겠습니까? 감이 옵니까?

알고 보면 아무것도 아니고 너무나도 싱거워, 허허 웃음밖에 안 나올 것입니다. 이런 존재의 삶이 어렵습니까?

어렵다면 몸에 밴 '나'를 완전하게 떨쳐 버리는 일입니다.

지금까지 여러분들은 이 삶 속에서 나 때문에 헛고생만 열심히 했습니다. 아니, 아직까지도 우리 주위에 헛고생하시는 분들이 참 많습니다.

답을 다 알려 줬는데도 자기 한 생각, 자기 법, 자기 논거, 자기 착·틀에 빠져 새로운 깨달음을 찾겠다고 떠나시는 분들이 계시는데 어쩔 수 없습니다. 본인 스스로가 아니라는데 방법이 없질 않습니까?

'나'라고 하는 '아'가 몸에 밸 대로 밴 그 상태에서 좀처럼 벗어날 수 없어 다시 명상·선정·수련·수행의 길을 계속해서 걸어야겠다는 분들 역시도 마찬가지입니다.

솔직히 아직까지도 윤회 속 생로병사의 고통(괴로움)을
덜 느끼신 분들입니다.

앞으로 닥쳐올 자신의 삶은 단 한 치도 모릅니다.

현생은 풍요롭게 잘 살았을지는 몰라도

앞으로 닥쳐올 윤회의 삶은

그 누구도 장담할 수 없습니다.

삶 속에서의 물질적인 부분!

생명과 직결된 부분으로서 나 혼자만이 아닌 가족들 모
두의 생사가 달린 문제로서 참고 견디기가 보통 힘든 게
아닙니다.

우리 주위에 생활고에 시달려, 철모르는 어린아이와 함
께 동반 목숨을 끊는 사람들이 종종 있는데 얼마나 가슴
아픈 일입니까?

그 어린아이가 무엇을 압니까? 태어난 게 죄라면 죄이
지요.

정신적인 고통(괴로움)인 삶 속에서의 부분!

위 물질의 많고 적음과는 상관없이도, 특히 인간과 인간 관계에서 오는 정신적인 고통(괴로움)은 말로 표현 불가입니다.

OECD 국가 중 대한민국이 자살 순위 1위의 참으로 불명예로운 일입니다. 살아 있는 자신의 목숨을 끊는다는 것, 한 번쯤 깊이 생각해 볼 문제이지요.

육체적인 고통(괴로움), 특히 병마의 시달림에 대한 부분!

인내의 한계를 뛰어넘을 수 없는 것이 인간 육체적인 고통(괴로움)입니다.

말기 암, 중증 희귀 질환에 시달리는 그 아픔의 고통을 당해 보지 않은 사람들은 모르겠지만, 얼마나 힘들었으면 안락사를 신청하겠습니까?

이 삶에 와서 존재로 거듭나지 않는 한 이런 모든 고통(괴로움)들을 앞으로도 계속해서 받고 넘어야 하는데, 솔직히 이 존재는 삶의 고통 때문에 온 심혈을 다 기울였습니다.

한때는 삶은 두 번 다시 올 곳이 못 되는 곳으로 여길 정도 같으면 가히 짐작하시겠지요? 또한 인간 삶에서 배워가는 게 무엇인지도 깊이 생각해 보았습니다.

상대야 어찌 되든 오직 '나'와 내 가족만을 위한 집착과 욕망들…. 이 모든 게 다 '나'가 내는 마음입니다.

앞에서도 여러 번 말씀드렸지만, 사람들의 삶이 왜 힘들고 어려운 줄 아십니까?

자기 자신을 부족하고 나약한 중생, 신의 피조물로 여기고 있기 때문입니다. 왜 자신을 모든 것에 나약하다며 스스로를 자책하는지 정말 모르겠습니다.

또 한 가지 사람들이 '나'로서 만의 삶을 살아가고 있기 때문에 사후와 윤회에 계속해서 빠지는 것입니다. 그래서 생·로·병·사의 고통(괴로움)에 매번 시달리는 것입니다.

거기서 벗어나려 깨달음을 찾는데, 그건 참으로 힘들고 어려운 과정으로서 자신의 삶에 모든 것을 다 바쳐도 될까 말까 한 부분입니다.

물론 깨달아 '신' 그 자체가 될 수도 있지만, 왜 그런 확실한 보장도 없는 힘든 과정을 손수 겪으려 하십니까? 또

한 깨닫는다 해서 모든 고통(괴로움)에서 다 벗어나는 것
만은 아닙니다.

　깨달음은 앎입니다.

　앎은 말 그대로 아는 것입니다.

　아는 것만으로는 아무런 소용이 없습니다.

　되어야만 합니다.

　되는 것이 무엇이냐?

　깨어남으로, '나'를 완전하게 다 놓는

　진정한 '무아'가 되는 것으로서,

　'신' 그 자체가 되는 것입니다.

　그러려면 '나'라고 하는 이 단어·글자까지도 다 놓아야
합니다.

　부처님께서는 대각을 이루시고 제일 먼저 행하신 것이,
**자기 자신을 깨달은 자【부처】임을 스스로 선언하셨지
요?** 바로 이것입니다.

　'존재' 또한 그 선언과 같은 의미입니다. 존재는 하나
님·부처님·신입니다. '신'이 되는 것이 곧 '나'에게서 벗

어날 수 있는 최선의 길인데, 〈사람은 본래 완전한 존재〉 그 자체임을 정말 모르고 있습니다.

존재! 이것이 바로 '신'이 되는 지름길입니다. 꾸준한 존재의 자각만이 '신'으로 거듭나는 길임을 정말로 알아야 합니다. 이 길 밖에는 윤회의 삶에서 벗어날 다른 도리가 없습니다.

존재의 자각!
이것이 바로 의식전환이고,
'무아'의 길이며,
본래로 회귀되는 방법입니다.
그러면 당신은 적멸을 통해서
반드시 영원한 열반에 듭니다.

적멸은 삶을 통해 존재의 자각에 의해서만 자연스럽게 이루어지는 것이고, 이런 삶을 살기 위해 당신이 이 삶에 온 이유입니다.

비록 이 존재의 아주 큰 바람인데, 이런 아주 쉬운 존재의 삶을 놓아두고 왜 힘들고 어려운 깨달음만을 고집하고 있는지 정말 이해가 안 됩니다.

【'나'로 살 것이냐, '존재'로 살 것이냐는 권장 사항입니다.】

'나'는 사후 윤회가 기다리고 있는 반면에, 존재는 열반만이 있습니다. 이것이 최종적인 이 존재만의 결론입니다.

종교의 가장 중요한 부분은 믿음입니다.

믿음 중에서도 확실하게 믿는 것, 이것이 곧 '확신(確信)'입니다. 즉, 자신의 모든 것을 다 바치는 믿음이 정말 중요합니다. 바로 이 확신이 없어서 지금까지 엉뚱한데 깨달음이 파묻혀 있었듯이 인간은 믿음의 중요성을 너무나도 모르고 살아왔습니다.

믿음의 확신이 끼치는 그 영향력은 참으로 대단합니다. 성경에 죽은 자를 살리는 대단한 초능력이 믿음의 확신에서 나옵니다.

그동안 '나'에 묶여 있다 보니 '나'를 놓기가 너무 힘들어, '존재' 그 자체에 있으면서도, 아니 존재를 인정·수용하면서도 은근히 '나'를 내세울 수도 있는데, 그래서는 정말 안 됩니다.

'존재'는 완전함이고 신입니다. 완전한 신을 기망하는 아주 큰 행위인데, 사실 그동안 '존재'가 '나'로 인해서 세상에 드러나지 않았다는 것은 엄연한 진실입니다.

어떤 종교를 믿고 안 믿고의 차이가 아닙니다. '존재'는 모든 종교를 다 섭렵합니다. 그러나 '존재'는 '나'와는 결코 절대로 섭렵할 수가 없습니다. '내'가 있든지, '존재'가 있든지 둘 중에 딱 하나만 있어야 합니다.

다른 외부의 '신'을 믿는다 해도 전혀 상관없습니다.

'나'를 완전하게 다 놓고, '나'에게서만 벗어나면 됩니다.

〈신인 이 존재를 모든 것들이 다 보호하고 있다〉

이 점을 깊이 진실로 믿어 주시길 진정으로 바랍니다.

【존재의 확신】 이것만이 최상의 길입니다.

사실은 이 책의 제목을 【나는 절대로 깨달을 수 없다】로 하려 했습니다. 이 말이 무슨 뜻입니까?

그 첫째는 '신'의 길을 가로막는 '나'를 진정으로 다 놓으라는 뜻이고, 그 둘째가 깨달음을 깨어남으로 바꾸는 의식 전환이 반드시 필요하다는 의미입니다 본래 그 자체인 '신'임을 스스로 인정·수용하는 【본인만의 확고함을 세우라는 뜻입니다.】 결론적으로 이 말씀을 드리려 이렇게 수많은 글자를 동원한 것입니다.

존재!

참으로 대단한 발상입니다. '존재'에만 있으면 아무것도 할 게 없습니다.

'나'로 있을 때와, '존재'로 있을 때, 감히 헤아리지 못할 정도로 엄청난 차이가 있음을 명심하십시오.

'존재'는 말 그대로 완전한 신 그 자체입니다. '존재'의 상태에서는 언어와 문자에 항상 조심하시길 당부드립니다. 속된 표현으로 말이 씨가 된다고, 무심코 뱉은 말이 그대로 되는 경우가 '존재'에서는 아주 흔하게 있습니다.

'존재'가 곧 하나님·부처님·신 그 자체이기 때문입니다. 하나님·부처님·신은 사람을 어렵고 힘들게 하는 행위나 언어들은 결코 하지 않습니다.

'존재'는 '신'이 항상 그러하듯 오로지 긍정입니다.

'존재'에서는 정해진 한계가 없어 그 무엇이든 다 가능하지만, 이 시각 이후로부터의 살인이나 자살은 결코 절대로 용납이 안 됩니다.

가상현실 세계에서 일어나는 모든 일들을 실상으로 보기 때문에 벌어지는 일들로 인해 반드시 인과에 휘말리게 되어 있습니다. 그래서 그 원인이 해결될 때까지 끝없는 윤회의 늪에 계속해서 빠져들어 해탈이 어렵습니다.

살인이나 자살의 행위는 이미 '존재'를 벗어난 일이기에 용서가 없고, 이 또한 인간 개체인 '내'가 하는 것입니다. 인간 개체인 '나'는 살인도 하고 자살도 합니다.

'나'는 전생도 있고 사후도 윤회도 있어 살아 있을 때의 잘·잘못에 의해서 거기에 합당한 죄와 벌을 스스로 받게 되어 있습니다. 사실 사후나 윤회는 원래 없는 것인데, 인간인 내가 만들어 '나'에게는 분명하게 작용을 합니다. 혹 '존재' 그 자체에 있으면서도 '나'를 못 놓으면 그런 것들을 다 받습니다.

살인과 자살도 결국은 인간인 '나'의 생각에서 비롯됩니다. 우발적 순간적인 행위라도 분명하게 '나'에게서 나옵니다.

'존재'는 지금 여기 이 순간 현재에만 있기에, 과거의 잘·잘못, 업연, 카르마, 인과와는 전혀 상관이 없고, '나'의 영향 또한 절대로 받지 않습니다.

'존재'가 곧 신이기에 여러분들을
돌봐 주고 영원한 안식처로 인도합니다.
'나'를 완전하게 다 놓고 벗어나 '존재'로서만 있으세요.
'존재'입니다. Now 여기 이 순간 현재에만 있습니다.

'존재'는 완전합니다. 이렇게 말씀드리니까 '나'로 있을 때의 온갖 의문·의심을 다시 발동하면서, 무엇이 완전하냐고 되묻습니다. 보고, 듣고, 느끼고, 알고, 생각하고, 창조하고, 파괴하는, 이런 모든 능력들이 다 당신의 완전함을 대변하는 것입니다.

마지막 Q&A로 마무리를 짓고자 합니다.

Q '나'는 배우지도 못해 아무것도 모르고, 그 무엇을 창조해 본 적도 단 한 번도 없는데, 이게 무슨 완전함입니까?

A 그래도 배우지 못했어도 본인 스스로가 맡은 일은 다 합니다. 아프면 병원에 갈 줄도 알고, 어떤 어려움이 닥쳐도 본인 스스로가 할 수 있고 헤쳐 나아갈 수 있는 그것이 바로 창조입니다.
완전함을, 창조를 뭐 거창하고 크게 볼 것까지는 없습니다. 이런 것들이 다 완전함입니다. 완전하지 못하면 아무것도 하지 못합니다. 완전하기 때문에 무슨 일이든 상황이 닥치면 스스로 다 알아서 하는 것입니다.

Q '나'는 깨달음이 무엇인지도 모르는데, '나' 같은 사람이 어떻게 신이 됩니까?

A 우선 당장 그 '나'를 가지고 있는 게 가장 큰 문제입니다. '내'가 종교와 깨달음을 만들고 그 종교와 깨달음에 빠져 허우적거리다가 다시 새로운 종교와 깨달음을 찾습니다. 이것이 기존의 종교·깨달음입니다.
'신'이 무엇입니까? 완전하고 대자유하며 무한합니다. 당신은 본래 완전하고, 당신은 스스로 자유분방하며, 무엇이든 다 할 수 있는 무한가능성의 '존재'입니다.

당신은 지금까지 그렇게 살아왔습니다. 이게 신이 아니고 무엇입니까? 이런 모든 것들이 당신이 신 그 자체임을 이미 증명해 주고 있습니다.

깨달음을 법과 경전 지혜의 앎으로만 인식해서는 절대로 안 됩니다. 법과 경전 지혜의 앎은, 그것을 연구하고 그것과 관련된 일을 하는 사람들의 자기 분야일 뿐, 깨달음과는 전혀 상관이 없습니다.

법과 경전 지혜의 내용들 중 단 한 글자도 몰라도 당신은 이미 완전합니다. 깨달음을 법과 경전으로 연관시키는 분들은 모두 자기 내세움, 즉 '나'입니다.

Q 부처님 당시 제자들의 면면을 보면, 힌두교의 계급사회에서 가장 천민에 속하고 배움 또한 전혀 없는 무지한 사람들이 대다수를 차지하고 있었다고 합니다.

그런데 부처님의 설법만으로도 얼마 안 돼서 깨달음을 이루어 최고의 경지인 아라한과에 들었다는 사람들이 부지기수였다고 합니다. 대체 부처님의 설법이 무엇이었고, 어떻게 했기에 단번에 다 깨달음을 성취했습니까?

A 순수한 이 존재 개인적인 입장에서 볼 때는 비록 경전이나 문헌에는 실리지 않았지만, 아니 못했지만, 글이 없던 시절 말로써 상대에게 자신감과 본인 스스로의 완전함을 은연중 비춰 주지 않았을까 하는 마음이 들 뿐입니다.

당신은 완전한 존재입니다. 이 사실만을 확신하면 안 될 게 없습니다.

그런데 이 삶이 나를 중생이고 피조물로 깨달아야 할 대상으로 만들어 놓고 그 이외에는 전혀 받아들이고 인정하지 않으려 하고 있습니다. 여기에 다들 세뇌되어서 그것만을 확신하고 있으니 참으로 답답합니다.

사회가 어떠하든 그 누가 뭐라 해도 존재만을 꾸준히 자각하다 보면, 진실로 무언가 달라짐을 스스로가 느끼면서 당신이 신 그 자체임을 압니다.

이 삶은 당신 존재의 삶입니다. 당신이 '신'이기 때문에 모든 것들이 당신을 보호하고 보살핍니다. 당신은 스스로 존재임만을 자각하기만 하면 됩니다.

Q 나는 존재의 자각도 열심히 하고, 나름대로 존재로서의 행을 많이 한다고 자부하고 있는데도 삶에 별 큰 영향이 없는 것 같습니다.

A 아주 좋은 질문입니다.

죄와 악은 비록 상대는 모르게 그냥 숨기며 넘길 수는 있지만, 자기 자신의 모든 죄악은 하나부터 열까지 본인 스스로는 다 알게 되어 있습니다. 혹시 가족들 모르게 자신만의 숨겨 놓은 인간적·사회적으로 불미한 부분이 있는지를 먼저 잘 살펴보세요. 다 끊으셔야 합니다.

인간 삶에서는 보이지 드러나지 않는 큰 죄악들이 참으로 많습니다. '나'로 있을 때는 지금 당장 나타나진 않지만 사후라든지 윤회 쪽에 분명하게 큰 영향이 미칠 것임을 명심하길 바랍니다. 그런 분들은 모두 다 끊고 존재의 삶을 사셔야 '신'이 될 수 있습니다.

참으로 민감한 사항이고 피할 수 없는 부분이지만 '신'은 아주 냉정합니다. 그러기 때문에 신은 죄악이 없습니다.

자신을 냉정하고 깊게 관해 보십시오. 분명한 문제가 자신에게 있을 것입니다. 존재에서는 방금 전의 일 또한 과거이므로 아무리 큰 죄악도 진정으로 회개하는 그 순간 다 없어집니다.

혼자만의 비밀도 두 번 다시 그런 일이 없도록 끊으시고 회개하신다면 그다음부터 존재로서의 자각만을 꾸준히 하시면 분명히 무언가 이롭습니다.

다시 한 번 더 말씀드리지만, 【존재 스스로의 **확고함**과 **확신**】이 두 가지만 올바르게 세우고 그냥 사시면 됩니다.

그냥 살고 있는 이 존재가 완전한 신입니다.

【그 이상 바랄 것도 없는,

있는 그대로의 깨어남 그 자체입니다.】

이것이 바로 부처님의 【**무상정등각**】을 이 존재가 주제넘게 해설한 것입니다. 이렇게까지 강력하게 말씀드렸는데도 긴가민가하게 여기는 분들이 계십니다.

지금 이 순간부터 '나'를 완전하고 확실하게 몽땅 다 내려놓으세요. '나' 이 글자까지도 버려야 합니다. 그리고 '존재'로서만 거(居)하십시오.

존재에서는 깨달음 · 사후 · 윤회란 분명히 없습니다. 오로지 있다면, '존재'인 당신은 완전한 '신' 그 자체라는 것. '존재'로서의 부족함이란 단 하나도 없으니까 '신'의 삶만 사십시오.

그래도 삶 속에서 무언가 부족함이 있다는 마음이 생기면, 그 즉시 〈또다시 '나'에 빠져 있구나!〉를 자각하시고, 순간 '존재'로 정신을 바짝 차리기만 하면 됩니다.

결코 절대로 〈방금 전, 바로 앞〉이라는 것은 없으므로, 이런 것들은 아예 생각조차도 하지 마십시오. 지금 여기 현재 이 순간만 꾸준히 자각하시면, 그것이 바로 '존재' 그 자체로만 있는 것입니다.

'나'를 끊고 '신'이 되는 길

—

모든 도 공부의 가장 큰 문제점이 주위의 에너지 파장입니다.

많은 사람들이 아니라고 하면 옳은 것도 아닌 것으로 둔갑시켜 버리는 게 인간의 에너지 파장입니다.

존재의 자각도 처음에는 받아들이기가 무척 힘듭니다. 〈과연 믿어도 되는지?〉 그리고 〈기존의 깨달음!〉 여기에 다들 걸릴 것입니다.

이 공부는 당신 '존재' 스스로의 공부입니다. 상대를 보거나 의식할 필요가 전혀 없고, 스스로가 '신'이 되는 것입니다. 또한 무엇을 믿으라 하지 않습니다. 모임도 없고 공부도 필요 없습니다. 스스로의 삶에서 꾸준히 존재만을 자각하면 됩니다.

상대를 의식할 필요도, 시간 소모도, 금전 손실도 전혀 볼 필요가 없습니다. 별도의 믿음의 행이나 기도 · 기원 예절 격식 등이 전혀 필요치 않습니다.

존재로 있다 보니, 삶 속에서 가족들과의 진정한 사랑이 싹트고, 주위의 모든 것들의 보살핌으로, 되는 일이 잘될 뿐 아니라 좋은 일만 생깁니다. 모든 근심 · 걱정이 사라지고, 죽음이 결코 두렵지 않으며, '신' 그 자체의 행이 삶에서 저절로 나옵니다.

기독교 계통의 외적인 종교들이 세계적으로 많이 분포된 것도 감사와 사랑이 삶에 밸 정도로 주님과 항상 같이하는 그것에 간접적인 영향을 많이 받아서입니다.

그런데 존재 이 자체는, 간접적인 영향이 아닌 직접적인 영향을 그대로 다 받기 때문에 그냥 다 '신'의 삶이 돼 버립니다. 별도의 신을 믿어도 상관없습니다. 신을 믿지 않아도 됩니다. 매 순간 스스로가 완전한 그 자체임을 알고 자긍심만을 가지세요. 언어와 문자로 삶을 살아가는 우리들은 그런 것에 상당한 영향을 받습니다.

"아니다! 아니다!" 하면 정말로 아닌 것이 되듯이, "존재이다! 존재이다!" 하면 정말로 존재가 됩니다. 그 무엇도 해야 할 필요가 전혀 없습니다.

"그렇게 해서 깨닫는다면 깨닫지 못할 사람이 없다."는 말과 생각을 미리 해 버리고 거들떠보지도 않는 사람들이 우리 주위에는 참 많습니다. 너무 쉬워도 안 되고, 너무 어려우면 다른 길을 택하고, 사람의 마음이라는 게 다른 사람이 해야 나도 하고, 유행을 타고 떠들썩해야 그제야 관심을 갖는 묘한 사회가 되고 말았습니다.

깨어남은 나 스스로 나 혼자만의 깨어남입니다. 그렇다고 소승으로 보지 마시고, '존재의 자각' 자체가 대승의 마음입니다. 이 점을 분명히 아시고 존재에 임해 보시길 당부드립니다.

우선 자신감을 갖고, 부정적인 생각을 전혀 하지 말고, 다른 제3자가 뭐라 하든, 되었다는 확신만을 갖고 무조건 임하십시오,

이 삶은 가상현실 세계입니다. 여기에서 벗어나기가 몹시 힘들 것입니다. 그래도 참고 견뎌야지요. 삶에 빠지지 마시고 오직 이 존재만을 보세요. 존재를 벗어난 모든 것들은 다 나로 있을 때의 한 생각에 불과합니다.

존재인 자기 자신을 새로운 안목으로만 본다면 '신'은 당

신 안에 항상 매 순간 계십니다. '신' 그 자체입니다. **이제 그만 나를 다 내려놓으시고 깨어남에 대한 의식전환만 하십시오.**

부처님은 고행 수련 · 수행을 인간에게 결코 절대로 권하지 않았습니다. 인간 스스로들이 법을 만들어 지금까지 거기에 빠져 있었을 뿐입니다. 외적 종교를 보십시오. 스스로 믿음의 확신 외에는 아무것도 없습니다.

지금 여기 이 순간 현재만을 자각하는 삶을 꾸준히 살면 됩니다. 이 존재가 '신' 그 자체인데 별도로 '신'을 의지하고 믿고 증거하고 포교하고 찬양할 그 무엇도 없습니다.

'나'를 입으로 말로 완전하게 다 끊고, 그냥 '신'의 삶만을 살면 됩니다.

여유가 있으시면 당신의 주위를 들여다보고 능력이 되면 도와주십시오.

'존재'만을 항상 매 순간 꾸준히 자각하시면, 차츰차츰 하나님 · 부처님 · 신이 자연적으로 됩니다. 하나님 · 부처님 · 신이 본래 '존재' 그 자체이니까요.

그냥 '존재'로만 거(居)하시면서 인정하고 수용만 하시면 다 됩니다. 존재 스스로가 존재 스스로를 인정 · 수용하는 것이 매우 중요합니다. '존재'는 평안합니다. 할 일을 다 마쳤습니다. 그냥 쉬시면 됩니다. 이제야 한시름 다 놓고 아무 때고 열반에 들어도 여한이 없습니다.

물론 열반에 드는 그 자체가 조그마한 여한도 없는 것이 당연하지만, 이 존재의 삶에서 해야 될 가장 중요한 모든 것들을 이제야 다 마쳤습니다.

많은 사람들이 '존재'로 '의식전환'해 주실 것이라 확실하게 믿습니다.

이 존재는 이 삶에 와서 배운 게 있다면 〈이 존재가 본래 완전하다는 것〉에 크게 깨어나고 갑니다. 긴 글 읽으시느라 정말 수고 많으셨습니다.

이 존재도 '존재' 이전에 인간인지라, 분명하게 잘못 표현된 부분이 있었을 것이라 사료됩니다. '존재' 그 자체로서 만의 글을 써야 하는데 그렇지 못했음을 진정으로 사죄 드리며, 넓은 아량으로 받아 주시길 당부드립니다.

우선 당장 입으로 〈'나'를 완전하게 다 끊고 멈추는 행위〉가 최우선임을 잊지 마시길 바랍니다. 감사합니다.